JN000983

人探し

遠藤秀紀

双葉社

人探し

装丁　bookwall
写真　travelguide／Adobe Stock

一

猿人を模した小さなフィギュアがマウスの動きに合わせてかすかに揺れている。無機質なグレーのデスクに、赤褐色《せきかっしょく》に塗られた可愛い笑顔の化石人類はかなり不釣り合いに見えた。七十インチのディスプレイが置かれたデスクを、いつのまにかコックピットと呼ぶようになっていた。考えなくても一定の軌跡を描く右手でクリックしていく。画面中央には先週から幾度となく見続けている改札口の動画が一時停止の状態で現れていた。構内から駅の外を見渡す画角にはターミナルに出入りする高速バスが何台も連なり、構内へ入ってくる無数の客が映る。円柱に隔てられて合計十四台並んだ自動改札機が捌《さば》く乗降客の波は、生身の人間の集まりというより、ベルトコンベアで流れていく工業製品の列に見えた。

「南口やろかぁ」

右に座る吉岡《よしおか》さんが呟《つぶや》く。

「ここは、一台のカメラに映るお客様が、弊社で、いいえ、日本の鉄道駅で最大級に多い場所といってもよろしいです」

コックピットの左後ろの椅子から笹本《ささもと》さんが説明を加えた。いつもベージュのスーツを颯爽《さっそう》と着こなす、鉄道会社に勤めるエリートだ。営業という文字の入った名刺を持っているけれど、この部屋にいるということは、本当の職務は字義通りではない。実際には、システム・イノベーション・ユニット、略して「SIU」という社内で公に認知されていない部署のスタッフだ。学生時代はバスケットボールをしていたという三十七歳は、ここにいる四人の中で一番背が高い。素敵な栗色の髪は肩甲骨の下まで伸びている。

「先輩、毎日この前を通って通ってますよ、僕」

SS128とナンバリングされたカメラの映像を見て、香田《こうだ》が話す。気安く先輩と呼ばれるにしてはかなり年上の吉岡さんが、じっとその映像を見つめている。経験豊富な吉岡さんと正義感一本の若い香田。二人の刑事はいいコンビを見せていた。

ディスプレイの左下に映り込んでいる深緑色の菱形のアイコンをダブルクリックし、現れた入力カラムに、CY32673と打つ。一週間前から何度となく打ち込んでいる映像の識別コードを入力し、リターンキーを叩いた。

一時停止していた新宿駅南口改札の映像が動き出す。三倍速に設定した。男も女も子供も老人もみな、早歩きを続けていく。十五秒ほど待った。

突如スピーカーから警報が響く。十回鳴ると同時に、矢印が出る画面に切り替わる設定になっている。やがて現れた赤い矢印は、画面左手から現れた人間の肩にまとわりついた。

「男だ、背の低い」と香田が口にする。

人の波が自動改札機の数だけ分岐して小さな空間ができたとき、矢印が指す人間のほぼ全身が映った。青とグレーの横縞のセーターに黒いズボンを穿《は》き、右肩から黒いバッグを提《さ》げている。男は足早に女子高生二人を追い抜くと、小さく〝9〟とシールが貼られた改札機を通過した。

「止めろっ」

吉岡さんの声よりも、私がマウスで停止コマンドを押す方が一瞬早かった。周囲の空気が張り詰める。

「こいつが……？」

「練馬一家五人殺害事件の、犯人ですよ」

私は冷静にいった。

笹本さんが、ううんともはあともつかない吐息を漏らす。吉岡さんが声を張り上げた。

「名も住所も職業も分からへん。こいつぁ何もんや。だれにも分からへん。そんでも……」

私は快感を覚えながら答えた。

「夫婦を刃物でめった刺しにし、三人の子供を扼殺《やくさつ》し、すべてを終えてから、劇団のサイトを楽しんで、冷蔵庫のピザを焼いて食べて立ち去った、その犯人ですよ」

吉岡さんが舌打ちをした。悔しいからではない。ほかにすべき反応が分からなかったからだろう。

「信じれぇへん。寄席の色もんかいな」

「先輩、この装置って、一体……」

香田が呆気に取られて、指で額を叩いている。私と視線が合うと香田は目を逸らす。香田は表面を繕《つくろ》うことがまったくできない男だ。

「これは完璧な歩容解析《ほようかいせき》なんです。歩容、つまり、歩き方は、人間一人一人、すべて固有です。指紋以上の精度で人物を正確に見分けますよ。信頼性にはもう何も問題のない実用段階。容疑者の顔が分からなくても、画面上で歩いてくれさえすれば、個人が特定でき……」

　私はディスプレイに向かい、路上の防犯カメラが捉えた練馬一家五人殺害事件の容疑者の犯行当日の映像を呼び出した。現場から歩き去る犯人の後ろ姿を映像から切り抜いてシルエット化し、三次元的に回転する操作をやってみせた。切り抜いた人型をモデルにはめ込み、計算を実行させる。少し待つとアラームが鳴った。腕時計に目をやって口を開いた。

「いまかかった時間は四十七秒ですけれど、このカメラの一週間分の人間をすべて調べ終えましたよ。そのなかに、二十年前の練馬の事件、その防犯カメラの映像と同じ人物を一人だけ見つけ出したんです」

「凄いです」と笹本さんが感嘆の声を上げた。

「先輩っ」香田が吉岡さんに話しかける。「これ、見えませんね。眼鏡はないけれど、マスクで顔がよく分かりません。表情も判読が難しい」

　私は三人を振り返り、説明を加えた。

「警察の方は、それから、鉄道会社の方も顔認識はよく使われていますよね？」

「ええ、弊社では、正当な切符を購入しない、いわゆるキセル乗車の摘発に使っております。とりあえずは新幹線の改札が主ですが」

　笹本さんがいって、少し遅れて吉岡さんが頷《うなず》いた。

「そのぉ、理屈なぞ分からへんが、とにかく顔似てる思う奴を、確かに機械が見つけ出すなぁ」

「ええ、顔認識それ自体は強力です。ですけれど、目頭に目尻、鼻筋や唇を隠されると使えなくなるんです」

わざと鼻の頭を撫でながら喋った。初対面のとき私を見て俯《うつむ》いてしまった笹本さんが、いまは熱心にこちらを見つめる。

「つまり、インフルエンザや花粉症が流行《はや》る季節にマスクをつけ、サングラスでもかけられたら、顔認識は無力ですよ。でも歩き方は違います。人間が人間である以上、歩けば必ず露見するんです。この歩容解析システムから特定の人間が逃れることは……」映像を早戻しして、縞模様のセーターの男を画面の中央で止めた。「絶対にできません」

事実、画面上で二、三歩歩いてくれたら、それだけで十分だった。よほど分析しにくい角度でなければ、人間が画面上で歩いてさえいれば、その個人を識別するだけの特徴を抽出できる。歩容解析システム「ラミダス」は、世の中の人間を歩き方だけで一対一に照合できるのだ。これまでは指紋やDNAゲノム情報が刑事訴訟でもっとも強いデータだった。ラミダスはそれに負けない。いや、積極的に同一人物であることを証明することにおいては、よくあるDNA情報よりも、強い。

加えて照合速度がとても速い。ラミダスはCPUとメモリ次第で、普通の精度の防犯カメラの素材なら、同時に百を超える動画ファイルをチェックしていくことができる。指紋照合を人力でやっていては鑑識の仕事が追いつかないことを吉岡さんに知らされてからは、照合時間の短縮にも気を配ってラミダスを開発した。

「けどなぁ、こりゃあその、カメラぁの写り方にもよるやろ?」

私は、ディスプレイにラミダスのフローチャートをふたつ提示した。

「はい。これまでの歩容解析は、真正面と真横の二面の動画がないと、誤判定、つまり間違える確率が非常に高かったんです。防犯カメラには都合よく正面と側面が映るわけではないので、歩容解析は実用的ではないと見なされてました。でもラミダス、つまりこのシステムは、第一に、任意の角度から撮られた人物の映像を、真正面や真横から撮ったのと同等になるまで三次元空間で回転する演算機能を備えています。そして第二に、ほぼ正面と横に計算し直した人間の歩き方を、膨大な数値情報に置き換え、不特定多数の歩行者のデータと照合します。このふたつの流れで、この星にいる人間すべてを同定できるんですよ」

三人が揃って宙を仰いだ。私は彼らを納得させるとっておきの手法を思いついていた。入力カラムに今度はFK29602と入力し、リターンキーを押す。警報音とともに夜の映像が再生された。甲州街道と平行に、駅の南口を右手に見渡す別のアングルだ。車のヘッドライトが眩《まばゆ》い。コックピットから立ち上がると三人の様子を振り返る。

「ふわあああああ」

椅子から転げ落ちそうになりながら、誰よりも早く香田が叫び声を上げた。上品な化粧で飾られた笹本さんが目を見開いた。吉岡さんがネクタイの結び目を捏《こ》ね回す。

〝一致〟の文字とともに、赤い矢印が大きな花束を抱えた男を映し出した。香田だった。

しかめっ面の吉岡さんが尋ねた。

「今度《こんだ》ぁ、何が起きたんや？」

私は天井の隅に設置されているカメラを指差した。

「ごめんなさい。先ほどこの部屋に入ってきたときの香田さんの映像を使ったんです。それと、練馬の犯人を見つけたのと同じ日の新宿南口前の一日分の映像から、合致する人物を抽出した結果が、これですよ」

「ああっと、参ったなあ。いや、この晩、彼女に花を買って渡そうと思ったもんですから」

香田が頭を掻《か》く。

「もっと見ましょうね」と、キーをいくつか入力すると、画面上に一覧表が現れた。

新宿駅：南口改札、15番ホーム、日暮里駅：10番ホーム、北コンコース、4番ホーム、松戸駅：1番ホーム、中央改札、東口、というデータが並び、その下の階層にカメラ番号の一覧が連なる。自動で画面がスクロールし、計21台という文字が浮かんだ。

「香田さん、新宿から松戸への乗り換えは日暮里ですね。これが、この日の十八時から二十二時までの間に、首都圏の駅構内のカメラ二十一台が捉えた香田さんの足取りなんです。この後どこへ向かったかはあえて捜査しませんけれども」

ちょっとした沈黙だった。吉岡さんが大口で笑った。

「お前の女さぁ、いつ、松戸の子になったんや？　ちょい前まで、下北の子やったのになぁ」

「いや、それはその……、何か月か前の話で」

マスクをさらに手で覆って笑いをこらえる笹本さんが、救いのジョークを挿んだ。

「下北沢駅は弊社の管内ではありませんから、香田さんがこの晩、松戸から下北沢に移動されましても、動かぬ証拠は手に入りません」

コックピットの周囲に、笑いと嘆息が入り混じる。吉岡さんが尋ねた。

「これ、いま探したん？　この機械が」

私は笑って頷いた。

「……こりゃぁ、俺らの商い、上がったりや」

近い将来を考えると、事件が起きたときに犯人の歩きが映っていれば、それをラミダスに取り込んで解析するようになる。データを日本、いや世界中の防犯カメラのリアルタイムの映像と結び、その人物がどこにいるか、正確にいえばどこで歩いたかを、素早く見つけ出すことができる。頭頂部の髪がすっかり寂しくなっている吉岡さんには、足取りの追い方にも長年培ってきた熟練の技があるに違いなかった。しかし、コンピューターが見せるそれは異次元の速さだった。

呼吸を整えて一気に喋ることにした。

「ここで必要なのは、私のラミダスと、鉄道会社と、警察なんですよ」

猿人のフィギュアと笹本さんと吉岡さんに、順番に視線を送る。

「今日の検証は、練馬の事件の公開済み動画のコピーを使い、笹本さんから過去三か月分の新宿駅のデータを借りたところで、運よく犯人が見つかったんです。犯人が新宿を通過してくれたのは単に幸運ですよ。先程これが見つかった当日の首都圏全域のデータを笹本さんから頂いたので、犯人がどこで降りたかをいま解析中です。試しに入力した香田さんが、先に松戸で見つかってしまいましたが」

香田が苦笑した。

「もしこれが進むと、一種の監視社会にもなるので、是非の議論に時間がかかるでしょう」と笹本さんが冷静に発言した。「二十年ちょっと前のことです。ある商店街が防犯カメラを路上に付けたことがありました。そのとき、商店会の会長や大きなスーパーの店長が出てきて、これが警察と結びついたら大変なことになる、カメラを設置しても、私たちが警察に協力することは一切ありませんといって、それが夕方のニュースになりました。ですが、時代は変わりつつあるのでしょうか？」

私は肯定も否定もしなかった。「事情に詳しいですね」というと、笹本さんはいいえと遠慮がちに首を振った。香田が鼻息を荒くして喋る。

「僕たちの正義が実現に向けて求められる時代です。人権は大切だけど、安全の達成されない社会なんてない。僕は犯罪ゼロの町を夢に見ます」

目を輝かして画面を注視する香田には、臆する相手がいないかのようだ。ただひたすらに、教科書にありそうな警察官の職責に突き進んでいる。

「まあ、そりゃあ、お前の理想やな」と吉岡さんがやんわりと止めた。

「これは私どもの考えですが、鉄道事業者の中に警察国家を作ることに賛同する会社はまずありません。企業が求めるのは、利用者さんがあの会社なら安心して電車に乗れると思ってくれることだけなのです。それを思って、今回、ご協力差し上げました」

笹本さんは自らの会社の立ち位置と、社会のあるべき姿を整合させようと懸命だ。彼女のように穏健な優しい知性の持ち主は必ずしも多くない。

この歩容解析のシステムが完成したとき、「ラミダス」と名付けた。ずいぶん前に日本人の人類学者が、初めて直立二足歩行した最古の人類の化石を東アフリカで見つけた。化石は四百四十万年前のものと断定され、それに付けられた名がラミダス猿人だった。

「このぉ、ラミダスってぇやつは、ホシが普段とちゃう歩きぃやったら、どうなるんやろ？」と吉岡さんが問う。

「歩行走行スピードによって、データは当然異なりますね。分かりやすくいえば、吉岡さんが普通に歩いているときと、百メートル競走をしているときでは違います。でも」私は画面を指差した。「ラミダスなら、多数の関節の動きを総合するので、スピードの違いにはかなりの程度まで対応できます。つまりラミダスは、歩いている映像でも走っている映像でも個人を特定することができます」

　香田が口を半開きにして唖然としている。

「苦手なのは不規則運動をしたときです。匍匐《ほふく》前進、四つん這い、スキップ、バク転……」

　吉岡さんが大笑いした。

「人刺してからスキップで逃げるホシはおらんやろ。そのぉ宝塚の芝居でもな、そんな奴ぁおらん」

　香田がつづける。

「顔認識は双子を区別できませんでした。そのあたりは……」

「一卵性双子をまったく問題なく識別します。顔は似ていても歩き方や走り方は遺伝では決まらず、後天的なものですから」

「昔のあのなぁ、マラソン選手、双子の。顔そっくりの。テレビぃで兄弟の区別がつかんかった」

「吉岡さん、宗《そう》兄弟ですよね？」

スポーツ科学の動画データベースから、一九七九年の福岡国際マラソンの序盤のシーンを再生する。システムの試運転に何度か使った素材だ。宗兄弟の走る姿を切り出し、二人の照合を試みた。画面に即座に〝不一致〟の文字が浮かぶ。

「ラミダスの入力パラメターを組み合わせると、この二人をまったく別人と認識します。まあ、当時もマラソンマニアの目は確かで、足よりも腕の振りで二人を区別したのだと聞きますけれども」

三人とも納得せざるを得ないという表情だった。

「で、ちなみになのですが……」笹本さんが遠慮がちに尋ねてきた。「御社で、このラミダスを動かせるのは、能勢《のせ》さんだけですか?」

私はゆっくりと応じた。

「ラミダスは、私一人で生んだシステムなんです。いまのところ私にしか動かせません。でも警察の捜査には、ぜひ使用して頂きたいんです」

笹本さんが何かを考え込むかのように私を見つめた……。

それから二か月後のことだ。コックピットからネットニュースを覗いた私は、ひとつの見出しに吸い寄せられた。

「練馬一家五人強盗殺人、容疑者逮捕。ベテラン刑事の執念実る。地道な足取り捜査。逃走時の写真と『似てる』」

詳細を呼び出した。

「……容疑者は工藤悟《くどうさとる》。四十三歳。広島県福山市生まれ。事件当時は埼玉県に住む会社員だった。平成十一年五月十二日。現金を奪おうと民家に侵入して気づかれ、五人を殺害……二十年の飽くなき追跡がついに容疑者を追い詰めた……」

記事からすべてを理解した。あの青とグレーの縞の男が工藤悟であることを。そして、鉄道会社の防犯カメラの関与には触れず、ラミダスの歩容解析はマスコミには知られていない。

誰もいないコックピットで呟いた。

「ラミダス、これはあなたの最初の手柄よ。でも」大きなディスプレイの隅を人差し指で撫でた。

「本当の仕事はこれから、ね」

二

アパート暮らしが続いている。電車で三十分の通勤を繰り返す。同僚の顔を見ずに過ごせることのオフィスは心地よかった。ずっとスカートを穿いた記憶がない。いつもジーンズ。上は夏はTシャツ、冬は男物の大き目のセーター。化粧水とファンデーションは持っていても、この鼻に化粧しても意味はなかった。ボブといえば人並だけれど、大きなピンで止めて自分で鋏《はさみ》を入れるだけの髪は、鬱陶《うっとう》しくて邪魔物だった。女を放棄して暮らして、もう長かった。

鍵を開けてオフィスに入る。機器の精度を守るために、一年中二十二度の空調が効いている。

昨日から玄関にガーデニアを活けた。冷たい白ではなくて、少しクリーム色が入った上品な花弁だ。でも、香りは昨日も今日も、私には存在しない。

コックピットからテレビ番組を点《つ》けた。金閣寺を扱うドキュメンタリーの再放送らしい。七十年前の焼失直後の映像が続き、京都の僧の消え入りそうな声が入る。

「寺ちゅう入れ物だけでのうて、形無い『念』も焼け落ちてもうた」

モノクロ映像が淡々と無常を訴えていく。きらびやかないまの金閣寺に話題が転換したところで、番組を換えた。

「旭川殺人闇サイト。平凡な主婦がなぜ！」

十六対九の枠の隅に、ワイプ画面と煽り文句が並ぶ。午前のワイドショーが中盤で扱っているのは、DV夫に殺意を抱いた妻が、ネットで殺人の実行犯を募って依頼し実際に殺害したという事件だ。

思わず見入る。お嬢様イメージの女子大を出た専業主婦が、結婚十年目に、見知らぬ二十三歳の男に夫を殴殺させた。

彼女がワゴン車に乗せられるときの映像をストップモーションにして、スタジオに画面が替わった。殺したくても実力行使では敵わない女が、現代のインフラを使って実行犯を雇った恐ろしい事件だと、ときどき見る大学の准教授が活き活きと話し立てる。隣に座った女性お笑いコンビの片割れが、止《や》むに止まれぬ手段として金槌の代わりに男を買ったのだと、半ば彼女に同情するニュアンスを漏らす。犯罪心理を語るのは、元検察官を肩書にする初老の白髪男だ。テレビに慣れ、発言の効果的な抑揚を知っている面々が、視聴者の目と耳を意識して巧みにCM前の時間を埋めていく。

「闇サイトには容易に連絡が取れるのです。北海道も沖縄もない。表向きは同好会のようなものを装っていますが、情報を集めると、殺人や強盗のような凶悪行為に加担する仲間どうしを繋いでいることが分かる仕組みです。四つか五つのウェブサイトとSNSを探ると、金で凶悪犯罪を引き受ける人物と接触できる可能性があります。依頼殺人というと古くはロス疑惑がありますが、いまはごく普通の主婦や学生、高齢者、公務員などですね、本来は殺人事件の犯人になり得ない類型の人たちが、見知らぬ人の手を借りて殺人や傷害事件を起こすという実態があります。実際に殺す側は、行為に特化した計画性を備えた緻密な実行犯であることが多く、殺人を確実に完了するという側面が見えてきます」

白髪男の、落ち着いて自信に満ちた言葉が耳に届く。

「確実に完了する殺人……」

背もたれに体を預けて、目を閉じた。健康食品の生CMが入って我に返る。

住宅街の何気ない建物の一室に、一億二千万の国民から特定の容疑者を正確迅速にあぶりだすシステムが動き始めたことを知る者は、巷には一人もいない。

オフィスは西武池袋線の中村橋駅から歩いて十分ほどのところにあった。都心への通勤圏として典型的に過ぎる何の特徴もない街並みの、どこにでもある灰色の鉄骨三階建ての建物が私の仕事場だ。一階には工務店が入っていて、その二階が広告代理店「ステラMT」の第三企画課だ。課員は一名、私だけだ。組織上は「サンキ」と略されるこの部署が何をしているのか、社員たちは知らない。

ステラMTとはラテン語の略で夜明けの金星だ。元自治省官僚が作った企業で、初期は警察の広報仕事を受ける雑役企業の色合いが強かったけれど、いまでは警察に加え、メーカーや団体、大学・研究所のつまらない業界誌作りを請け負うなどしている。

ラミダスの実用化が見えてきたとき、これを使って何が何でも警察と結びつくことを私は狙った。私にとって警察は、警視庁でなければならなかった。同僚からはなぜ警察と関係をつくることに執着するのか怪訝《けげん》に思われた。それでも会社は警察関連の仕事を任せてくれ、会社と警視庁との協力関係は徐々に築かれていった。

いまやこの六十平米のオフィスに、国民の歩容を正確に見分け得る頭脳のすべてがあった。ラミダスの主要部分はソフトウエアだから、物理的形状は存在しない。ただしそれが載り、機能しているハードウエアは、ダークグレーの大きなスーツケースほどの箱にすっぽりと収まって、部屋の片隅に鎮座している。

ステラMT相手に警視庁が用意したのは、捜査支援分析センター・第二捜査支援・情報分析第二係という耳慣れない部署だった。そこに所属しているのが、吉岡さんと香田だ。

捜査支援分析センターは、犯罪に社会的なテクノロジーが関与する現代において、仕事が増える一方だ。プロファイリング構築やビッグデータ解析など、捜査は刑事の個人技と勘で進めるばかりの時代ではなくなり、デジタルによる網羅的な犯罪解析を武器にすべき局面を迎えている。

マイナンバー、パスポート、免許証、DNA、指紋、掌静脈《てのひら》、クレジットカード、銀行口座、ネット契約……。警察が独占できそうな個人情報は、行政に生体に経済に、世の中に溢れている。それを密かに掌握する最前線が捜査支援分析センターだ。

デスクに置いた資料に目を落とした。表紙に大書きされている「ラミダス（仮称）の運用計画について」というタイトルの左には、夜明けの金星をイメージした会社のロゴが躍り、太字で「取り扱い注意。機密水準2」とある。

——機密保持なんてどうでもいいことよ、私にはね。

書類をぽんと拳で叩くと、成し遂げるべきプランに取り掛かった。それを始めるのは、昨日でもよければ明日でもよかった。一週間前でも二か月後でも構わなかった。ラミダスを手にした自分がこのことに手を染めれば、いつ行動を起こしても未来は同じはずだ。あえていえば、たまたまこの日、干からびた蚯蚓《みみず》のように変形した赤黒い鼻の奥が、何かの拍子に疼《うず》いたからかもしれない。

——そうね、理由はそれだけよ。

電話を手にする。相手は香田だった。彼が電話を取ると一気に切り出した。

「香田さん、未解決事件の容疑者の歩容を片っ端からデジタル動画に変換し、常時ラミダスで監視してはどんなものですかね？　迷宮入りしかけている事件の犯人、いえ容疑者の動画ってないでしょうか？　それをラミダスと笹本さんの会社の防犯カメラに結びつければ、事件が解決できるかと思うんですよ」

彼は即座に応じた。

「僕はとても魅力的に感じるんです、ラミダス。ただ、先輩はやっぱり最新のテクノロジーとは仲良くできないみたいですね」

「刑事の勘っていうこだわりとは別に、気軽にラミダスを使いに来てくれたらよいのですけれど」

「話してみましょう。いきなり大規模には無理でも」

「そうですね、重要な迷宮入り系の事件だったら、吉岡さんも乗り気になりますか？」

「はい、それなら警察全体としてもアピールポイントになります。アカウンタビリティの点からも、市民の皆さんからの理解を得やすいでしょう」

香田はやはり若い。話を誘導すれば、なびく。そして嘘がつけない。香田を切り口に吉岡さんを説得していけば、重要未解決事件の容疑者のデータはいずれラミダスに投入できるだろう。

「府中の三億円に、かいじん21面相。そのくらい古いと、現場の動画はないですかね？」と、息抜きの話題を出したつもりだったけれど、香田は真っすぐに答えた。

「偽白バイやキツネ目の男に動画は存在しないですよ。それに能勢さん、その辺は時効ですね」

警察全体が勝ち取る正義というストーリーが、純粋な彼には魅力的に映ることが分かった。

「頑張ってみます」という一言を引き出してとりあえず終わることにした。

次は笹本さんと話さなければならなかった。笹本さんには、現在の防犯カメラの映像情報をラミダスに大量移譲するという困難な要求が必要だった。

ところが意外にも彼女の反応は、「弊社では、営業部が賛同しております。防犯と安全にここまで会社が尽力しているのだという論調で、社のPRにまで使えないだろうかという発想です。むしろ営業部がというより、そのくらいの進み方で近未来の鉄道像を提示しないと、公共交通機関の未来が危ういという会社全体のビジョンがあります」というものだった。既に彼女の手で社内の根回しが進捗《しんちょく》している感があった。

ベージュのスーツを纏《まと》った笹本さんがスマホを耳に当ててどんな表情で喋っているのか、想像を膨らませた。

「笹本さん個人は、どう思っているのですか？」

「私は……」

少しの沈黙のあと電話の向こうにちょっとしたざわめきが聞こえ、小声で返答があった。

「人権は何より大切だと思います。私は、強い者になびくいまの風潮や、安全安心ばかり主張する向きには正直賛成していません。でも、鉄道会社の経営ビジョンとして、警察とのより深い連携はアリなのかもしれないと……予想します」

予想という言葉を苦心して選んだのは明らかだった。個人の意見ではなくて、客観的立ち位置にすがりたかったのだろう。大会社の社員らしい賢明な振る舞いだった。私は、会話に冗談を挿むことができる道を探った。ステラＭＴが制作を受注した、「昭和の勤労」とかいう小冊子を思い浮かべた。

「組合とか左寄りの社員とかは騒ぎませんか。そちらは昔は国労動労がすべてを引っ張る世界だったんでしょう」

「その元気は、いま弊社内にはありません」と彼女が小さく笑いながら答えた。

笹本さんには、容疑者映像の提供を吉岡・香田組に依頼して前向きな返事をもらっているという、事実より五割くらい盛った話を伝えた。

「めぼしい映像をこちらに提供いただけないでしょうか？　ラミダスの解析にかけてみたいと思います。大きな事件を解決できれば、会社さんの取り組みが評価されていくかと思われるのです……」

私は、彼女を長い時間電話口に留めた。自分の思いを全うするために、彼女の協力が必要だった。

三

デカルトという人は人間を機械だといったそうだ。確かに人間は機械だと同意しよう。ただそれは偶然に左右される無限に大きな個体差を確実に包含している。だから、機械という言葉が想起させるほど、均質ではない。

輸入されてくるいかにも粗悪な工業製品には、とんでもない個体差がある。ランダムに抜き打ち検査すると、たとえば中国製の口紅は製品ごとに長さが十五パーセント以上違うことがある。バングラデシュ製のブラジャーだと肩紐の幅がバラバラだ。ブラジル製のベビーカーとくれば、軸受けの傾き具合が一台ごとにまちまちだ。いや、なりふり構わず売るためにエンジンのメーカーの「ロールスロイス」を愛称にした日本のＹＳ11だって、当時の工作精度だと一機ごとのネジ孔が微妙にずれていて当然だったろう。学徒動員の女学生が作ったゼロ戦はトンカチで叩けばみな違う音がしたというから、日本の機械が信頼できるというのは最近になっての話だ。ただ、工作精度や品質管理が多少いい加減でも、「機械」であるならその変異幅は一定に収まってくる。

――でも……人類史上類まれに優秀な哲学者が考えたようには、人間は機械ではないの。なぜなら、予測できないほど断絶した違いが、個体間に生じるからよ。

ラミダスのデータ入力画面を開く。人体の骨格のつながりを表現するために、関節点を直線で結んだ画像のモデルが、ディスプレイに躍り出る。

歩容のモデル解析で重要なのは、まず下肢《かし》。つまり足だ。骨盤の臼のような穴にはまった大腿《だいたい》骨《こつ》は、際限なく自由に動く。歩こうとすれば腿を前後に屈曲・伸展させるはずだけれど、それだけではない。ヒトは腿《もも》を内外にも傾ける、つまり、内転・外転させることができる。この機能で、でこぼこ道に対応して歩くのだ。さらに、大きな段差があれば、膝《ひざ》の屈曲角度を変える。接地して体重がかかれば、足首の関節が衝撃を吸収するべく曲がる。これらすべての運動が個人ごとに異なっている。

ヒトが歩くときに動かすのは足だけではなく、上肢《じょうし》、つまり腕から指の周囲も複雑に動く。地面を蹴るためだけなら、足の動きだけで完結するはずだ。なのに、ヒトは手を振って歩く。目立つ運動は肩から先だ。歩くと、肩は横に滑る。背中側の肋骨に筋肉でへばりついている肩甲骨がスライドするのだ。小走りのときには、腕の加速度を受けた肩甲骨が大きく傾く。以前大学の研究室で見せてもらったけれど、上半身裸で実験すれば、肩甲骨の稜線が激しく左右に動くのが皮膚の上から観察できる。

一方でヒトが器用なのは、肩と肘《ひじ》を使って掌をいろいろな角度に回転させられるからだ。これは回内《かいない》・回外《かいがい》という運動で、歩行者の掌の向きからこの運動を定量化して、個人個人の特徴と結びつけることができる。幸い、マスクをしようとも眼鏡をかけようとも厚化粧をしようとも、掌の向きを意識して隠す人間はいない。掌と肩が成す角度の値は、個人を同定する強力な指標だ。

マウスをクリックした。画面に、数値を入出力するフィールドが現れた。いくつかの骨の屈曲、伸展、内転、外転、そして、回内、回外の数値を四角い枠に入れれば、数値通りの角度で関節を曲げて歩くヒトをラミダスは探し続けるだろう。いや、普段は数値をキーボードで入れるまでもない。任意の歩容動画をドラッグすれば、枠にはその個人の関節の使い方が数値になって自動入力されていく。

ヒトの一連の動作は、全身で二百を超える骨どうしの、可動性を与えられた関節の動きの合算になる。それぞれの骨の動きは独立ではなく、互いに微妙に影響しあい、制限をかけあっている。下肢で骨盤を除いて六十、上肢で六十四の骨が、ヒトの手足をつくっている。ラミダスが解析に用いる骨の数は、このうちの百八個だ。一人に対して、とりあえず百八個の骨の動き方のデータを投入すれば、すべての個人が識別できる。

――煩悩《ぼんのう》と同じ数ね、というより煩悩の数まで絞ったのは、私。

もっと大量の骨の数値を投入すれば、識別精度は上がるだろうけれど、刑事訴訟で被告を追い詰める証拠を生み出せばいいのなら、百八個で用は足りる。訴訟にＤＮＡを使うとき、分析する遺伝子の数を絞り込むのと同じ理屈だった。

「ラミダスを作ったのは私。ラミダスで人一人を絞首台に送るのに必要な骨の数は……」

呟きを大きな画面に投げ捨てた。

「百八で、十分よ」

四

人間はみな過去をどう記憶しておくものだろうか。私には目に焼き付いた光景がある。網戸のある窓だ。陽の入らない北向きだったか。窓には、薄汚れた網戸越しにいつも空が重くのしかかっていた。

木造二階建てのアパートの端にあった我が家は、そのまま母の仕事場だった。こういう仕事は夜暗くなってから始まるものだという通念があるけれど、母は明るいうちから働いていた。それは、母の後ろからふらっと男がついてきたときに始まる。母が連れてくるのは、その日初めて見る男のこともあれば、一度見たことのある男のときもあった。同じ男が何回も現れることはなかった、ただ一人を除いては。母が「コウタ」と呼ぶ男だけは、珍しいことに家に上がることが十回以上はあっただろう。

「クマさんの所で待ってて」

男がくると、いつも母はそういい、私に冷蔵庫からパックのイチゴ牛乳を手渡した。私は、イチゴが三つ描かれているパックを握ると近くの公園へ歩いた。時計がなくても、帰るべき時間はわかった。クマの遊具に跨《また》がっていると、通過するバスが見える。そのバスが七台過ぎたらゆっくり帰ればいい。そう母にいわれていたのだった。公園では何もしないことに決めていた。砂場で遊んでいるとバスの通過を見落としてしまうからだけれど、いつのまにかクマに乗っかってぼうっとしているのが苦にならなくなった。ときどき近くの子供が親に連れられてぶらんこで大騒ぎした。でも、冴えないクマには目もくれなかった。

七台目のバスが来て家に戻ると、母はいつも化粧を落としていた。

「お帰り。お腹空いてないかい？」

母はよくそう尋ねた。私にとってはたった一人の母だった。

母はたまに、夜に出かけていくことがあった。帰りは翌朝だ。薄目を開けて盗み見ると、母がどぎつい赤や紫のワンピースの上に冬は黒のコートを羽織り、夏は薄手の若草色の上着をまとって出ていくことを覚えてしまった。もちろん分厚く化粧を重ねて。母が小さな鏡を取り出して顔を作っている最中に、トイレに行きたくなった私が「ママ」と後ろから声をかけたことがある。そのときに振り向いた母は別人だった。顔も別人だったけれど、心も別人だった。

「恵《めぐみ》っ、寝てなさいっ」という声は、それまで聞いたことがないほど冷たかった。「ママはいまからお仕事だから。鍵をかけてくから、静かに寝てなさいっ」

それきり、母が夜に化粧を始めたら、踵《かかと》の高い茶色の靴に足を突っ込み、黙って扉を閉めて出ていくまで、眠っている振りをすることに決めた。

母の生業は売春だった。バイシュンという言葉を聞いたのは、もう何年か後のことだ。それが何かを正確に知るにはさらにもう少し時間が必要だった。ただ、母の仕事が世の中から蔑まれていること、そして私が踏み込んではいけない世界であることは、幼くても理解できた。

「コウタ」と母が呼ぶ男は、ほかの男と違っていた。あまり間隔を置かずに、ちょくちょく部屋に上がってきた。たいていは明るい時間帯だった。そしていつも吐く息が臭かった。

五歳の真冬の日だった。母がコップに活けた水仙から甘い香りが満ちていた。ガラス窓と網戸を通して外を見ると、いつもよりにこやかなコウタの腕に母がぶら下がって歩いてくるのが目に入った。コウタといる母に会いたくなくて、ジャンパーを手に家を出ようとしたけれど間に合わなかった。入り口で、二人と鉢合わせになってしまった。

「恵っ、どこ行くのっ」

呼びかけながら慌てて腕をほどいた母の隣に、シャツの裾をだらしなく垂らしたコウタが立っていた。

「ク、クマさんのところ」

母がちょっとほっとした顔をした。

イチゴ牛乳を渡しながら「ゆっくり遊んでらっしゃい」という母の呼びかけと、「気が利く小僧じゃないか」というコウタの声が、背中から聞こえた。コウタは逃げようとする私の手に、割れた板チョコを一枚押し付けた。

「メグちゃんだねぇ」

頭をごりごりと撫でてくるコウタの掌がたまらなく不快だった。何かが腐ったような臭いが頬に吹きかけられた。私は激しく首を振って後ずさりした。コウタは不愉快そうに口を歪めると、背を向けていった。

「このガキ、可愛くねえ」

コウタの手を握ったまま、母は私に凍った一瞥《いちべつ》を投げて紅色の唇を動かした。

「恵っ、さっさと行きなさいっ」

母の目にはもう優しさの欠片《かけら》もなかった。掌からこぼれ落ちたチョコレートが床に散らばった。

バスはその日も正確だった。白にくすんだ青い帯の入ったバスは、「清掃工場」と行き先を掲げて走ってくる。側面には亀戸天神近くの和菓子屋の広告か、セーラー服を着たアイドルが微笑む学習塾の宣伝が掲示されていた。

そして、七台目がバス待ちの作業服の男を乗せて走り去るのを見届けた。

でも、その日はクマに跨ったままだった。

「帰りたく、ない……」

そう呟いたのを覚えている。

息を吐くと、白い霧になった。何度も霧が舞い上がっては消えていく様子を透かし見た。手をずっとジャンパーのポケットに入れっぱなしにしていたのだけれど、どんどん寒さが体に沁み透ってきた。ジャンパーをセーターをシャツを、寒気が射貫いた。それでも帰りたくなかった。

八台目が走り去り、九台目が来た。ほかにすべきことはなかった。体の芯が氷くらい冷え切ったのが辛くて、白い一息を吐くとクマから降りた。固まった地面を棒のような足先で順番に蹴りながら、家へ向かった。

路地から窓を見上げると、もう暗い時間なのに電燈が点いていなかった。背筋を冷たいものが通り過ぎた。家の扉を開けた。お帰りという声も、お腹空いた？という言葉もなかった。ほんのり暖かい室内だったけれど、いつもなら赤く見える電気ストーブがついていなかった。

母の姿がない。

「ママ……」

薄暗い部屋の蛍光灯を点けようとして、何かに躓《つまず》いて靴下がびしょびしょに濡れた。見ると畳に白い花びらが散らばっていて、コップが割れていた。

そのとき、物陰から誰かに信じられないほど強い力に突き飛ばされ、殴られた。そして、私を布団の上に投げ飛ばすと上から圧し掛かってきた。少し前にかいだ何か腐ったような臭い。コウタだった。

私は、自分の力では何もすることができなかった。ただ、悲鳴をあげながら、泣きじゃくった。

「痛いっ」

コウタに口を掌で塞《ふさ》がれると、もう悲鳴を絞り出すこともできなかった。コウタは私の服をすべてはいだ。コウタの手や腹は血まみれだった。

「やめて、殺さないで」

声にはならなかった。殺されるという恐怖と死を実感できない幼さが、あらゆる反応を体から奪った。コウタの首に巻かれた蜘蛛《くも》の首飾りが目を突いた。すべての感覚が遠のくなかで、目の痛みが残った。そして……。

自分でもどう表現するのかわからない痛みが私を貫いた。私が浴びたコウタの臭いは、人間のものではなかった。暴れまわる欲望の塊が、まるで獣のような臭いとなって私の体に滲み込んだ。鬼畜の刻印だった。極限の恐怖で、私の記憶に形あるものは残っていない。

コウタはどろっとした何かを私の尻にかけ、それを指ですくって私の顔に塗りたくった。それはすべて臭いとなって私を貪った。

傷口に波打つ血の拍動で目が覚めた。畳に押し付けられた左の頬には、コウタが塗りつけたものが乾いてこびりついていた。辛うじて立ち上がり、電灯の紐に指先を引っかけた。灯りの下で畳も襖も血まみれだった。ふらつきながら足元を見まわすと、毛布と掛け布団が奇妙な形に広がっている。布団を剝がすと、そこにあったのは人の体だった。血の海とともに凝固した母だった。

五

勧められて能勢という苗字になった。私を過去から切り離すことを大人たちは期待するのだろう。ほかの誰とも嚙み合わない自分だけの壁を自分で作った。その壁は鉱物の硬い結晶のように、いつまでも私を包んだ。自分だけの時間と空間を心の奥に携えて、独りを生きた。

養護施設から小学校に通うことになった。施設の職員を家族と思ってほしいなどという大人の筋書きには付き合えなかった。それはまるで、演劇や舞台に面白さを感じていない子供を無理やり教育者推薦の品行方正な劇に連れていくような、よくある作られた疑似正義感剝き出しで、吐き気を呼び起こすものだった。

あえていえば、机に向かって知識を蓄えることだけが、自分を安らかにする時間だった。高校に上がるときには、施設の先輩の大学受験の参考書を隅から隅まで暗記していた。論理学、システム工学、統計学、機械工学、解剖学、考古学、英文学から西洋哲学まで、インターネットと本屋での立ち読みで片っ端から理屈を学び、脳に突っ込んだ。様子を見た高校の教師が大学へ行く意志はないのかと尋ねてきたけれど、学歴に関心はさらさらなかった。他人より理屈が多ければそれでよかった。そうこうするうちにコンピューターを操ることが快感になっていった。コンピューターは大人たちより素直だった。

あまり覚えていないけれど、警察には何度も質問を受けた。施設に入る前に少しの間引き取られた、会ったこともなかった叔母の家に刑事が二人組で通ってきては尋ねた。コウタの顔、身長、母との関係、母を刺すところは見ていたのか、コウタのことを母がどのくらい思い詰めていたのか、倒れた母はもう息をしていなかったのか、コウタは嘘の名前だろうからほかの名前を知らないのか。

何度来ても同じことしかいえなかった。私の記憶が、自分を襲った人間の形を思い出すことを拒絶していた。それでもしつこく尋ねられたのは、刃物だった。コウタが母を刺した包丁と思しき凶器は、結局発見されなかった。刃物は誰が部屋に持ってきたのかを考えるのが警察官のもっとも重要な仕事であることに、間もなく気づいた。

――この人たちの関心は、私の埋められない心とは無関係なんだ。

そう知ると、警察署とか刑事とか、犯人捜しに関わるものすべてを遠ざけるようになった。

私にも、なぜ母が刺されたのかは分からなかった。でも、年齢とともに、男女のいさかいがときに殺人につながることが認識できるようになった。自分と母に起こったことを、人間の普遍的な「業」として受け入れるようになっていった。

それでもただひとつ。昨日も今日もいつの瞬間も、離れることのないおぞましい感覚に私は苛まれている。

あの臭いだ。

刑事にしつこく尋問された中身には、いつも、コウタが私にした行為の具体的内容があった。それを訊かれるたびに、私の体のすべてがまたあの臭いに犯されるのだ。

——男が吐き出したあの臭いを、壊さなければ。

ひとたびそう確信すると、嬲《なぶ》られる私の体も息絶えていく母の体も、ことさら特別なものでもなくなった。あの臭いさえ消し去れば、自分に起きたことはどこにでもある汚辱《おじょく》や死滅のひとつでしかないのだ。子供が性の獣に蹂躙《じゅうりん》されることに何の不思議があろう。体を売ってその日を暮らす女の体が切り刻まれて何が奇妙だ。そんなものは、社会の隅で生きている体と心に時折もたらされる、偶然で一過性の出来事でしかないのだ。

コウタという形ある小汚い加害者を恨む次元に、私はもう立っていなかった。憎悪と苦悶と怨念の向かう果ては、ただ一点に集束した。

——あの臭いさえ、消して失くせば……。

そう思念するようになった。

事件は一時期、『江戸川区売春婦殺し』と名付けられて大きく報じられたらしい。幼女趣味の変質者の犯行として注目を集めたとか。だがやがて、朝のワイドショーでも三流週刊誌でも、面白おかしく騒いで飽きがくると、幕を下ろしたように誰も話題にしなくなったようだ。

胸が膨らんできたのも、突然の経血も、何が起こったかを教えてくれたのは、施設で同級の女の子か近所のおばあちゃんだった。施設からのお小遣いで買える可愛い髪止めやキャミソールやリップクリームやちょっといい生理用品のことは、三年上の女の子から情報を仕入れた。いつの間にか、子供と大人の狭間の時間が過ぎ去っていった。

ただ、地獄の底へ私を引きずるあの臭いだけは、何をしても消し去ることができなかった。

そして十六歳の誕生日。跡形もなく潰すことに決めた、体を蝕《むしば》む病の巣を。

高校の体育館の外壁は灰白色の冷たいコンクリートだった。その何の凹凸もない平面が私を吸い寄せていく。手には理科準備室にあった水酸化ナトリウム液のガラス瓶を握りしめていた。苦悩もなく恐怖もなく痛覚もなく、絶望さえもなかった。ガラス瓶の中身を鼻腔に思い切り流し込むと、コンクリートに自分の鼻を打ち付けた。

あらゆる物が白黒に見えていたのに、コンクリートを流れる自分の血は美し過ぎた。その滴が飛び散るたびに、私は快感に酔いしれた。劇薬が嗅覚を殺していく。あの臭いに追われるおぞましい自分の体を、これで破壊することができる。

私は何度も何度も何度も、鼻を打ち付けた。

痛みも苦しみも恐れも存在しない自分。その自分が鼻を滅却していく。

――これで勝てる、あの臭いに。

でも、それは幻想に過ぎなかった。鼻を粉々に粉砕したところで、臭いの刻印は永続し、時間とともに強くなっていくばかりだったからだ。

傷が治癒しても、どす黒くひしゃげた鼻は、同級生や教師からの目線を奪っていった。施設でも、親代わりを自称する大人や、兄弟姉妹と思うように躾《しつ》けられた子供たちにまで、私の鼻は無言の嫌悪と憐憫《れんびん》と恐怖を呼び起こした。私の顔を直視する者は誰もいなくなった。私に残ったのは、潰れた鼻と、あの臭いだけだった。

「男が私の体をどう貪り、どう弄び、どう傷つけたか。男の刃物が私の服をどう切り裂き、肌のどこに突き付けられ、男の指が局部をどのようにいじり回し、男の精液が体のどこにかかり、それはどのくらい生温かく、どのような粘性で顔や胸や下腹や大腿を流れ落ちたのかを知りたいのですよね？」

高校三年のときに施設までやってきた長期未解決事件専従捜査班という舌を嚙みそうな肩書の警察官二人に、そんな言葉を投げつけた。

「あなたたちが男を見つけ出して死刑にしても、私の苦悩はまだこの二、三センチ周辺をうろちょろしているだけなんですよ」

そういって鼻を指差すと、二人は慄《おのの》いた。私は獲物を監禁した快楽殺人鬼のように二人を見下ろして、途轍もなく明るく笑った。

六

初夏の日差しが照りつけてくる。束ねた指で汗を散らしながら弁当をぶら下げて戻ってくると、大きなリュックサックを背負った香田が立っていた。

「あっ、ごめんなさい、来てたの」

「いや、予告しないで訪問してしまってすみません」と、恐縮する香田だった。「僕、目つき悪いかな。下の工務店の人にじろじろ見られました」

笑いながら二人でオフィスに入る。マスクを外すように促すと、「ああ、いい香りですね」と香田が玄関のラベンダーを指差した。花の薄紫色が気に入って買った。花瓶に飾っても、私に香りはない。

香田がリュックサックから黒い小箱を十個ほど出してきた。

「見繕ってきました。大どころの未解決のヤマの、現場近くの映像をまとめて入れてあります。能勢さんが仕事できるようにすぐつくれと先輩がいうもんですから、ファイルの順序は厳密ではないのですが」

ハードディスクだった。香田に謝意を示すと、彼はラミダスを使って、あの事件でもこの事件でも犯人を捕まえたいのだと、笑顔で熱意を語った。私は相槌を打ちながら、香田がオフィスを出るのを待った。彼を見送るとすぐさまハードディスクを片っ端からケーブルで繋ぎ、開いた。

フォルダ名が大雑把な事件内容になっていた。

四個めのハードディスクだ。東久留米市ファミコンショップ、江東区マンション女性、西日暮里中学校前路上、北砂質店夫婦、葛飾区女子大生、都立辰巳公園内男性、町屋駐車場外国人、竪川第一公園内、中央区チケットショップ、六本木ビルアメリカ人経営者、八王子市たばこ店母子、上野公園ボート池男性、江戸川区アパート女性、南砂駐車場……。

江戸川区アパート女性という字が目に止まる。フォルダを開き、上から順番にファイルを再生する。

六つめに開いたファイルだった。データ画面を見る。ファイル名「069‐081C」、タイムコード「1999年1月21日18時35分から」、そしてカメラ番号「総武線小岩駅中央口改札02」と表示される。

「これだっ」

思わず叫んでいた。日時は事件当日夕刻のもの。小岩は我が家から十五分の最寄り駅だった。

「あの日よ」

昭和の空気感さえ漂う、東京下町の冴えない駅構内が映し出される。改札の様子を見るだけで、あの日が蘇生する。映像は目の前にいる人間の心の揺らぎを何ら慮ることなく、二十二年前の空気を四角く切り取っていく。

私が証言した犯行時刻付近から始まり終電までのおよそ六時間分だった。画面を凝視する。カメラは、自動改札機を平行に見るアングルで設置されたものだ。左手奥に、町ゆかりの大相撲の横綱、栃錦の銅像が見える。右手真下で人の流れがよどむのは、カメラの手前に当時キヨスクがあったからだろう。

映像は時間を往来し、その日その街で何事も起こらなかったかのように改札口を再現し続ける。近くに勤める会社員らしき人波が列を作って自動改札を通過する。男も女もみなコートをかっちりと身に着けている。堅い職業に就く人たちであることは身なりからすぐ分かる。私を襲ったとき、コウタは返り血にまみれていた。でも真冬をよいことに、きっとコートを羽織って血痕を隠しているだろう。だとすれば、この映像でも発見は難しい。私は画面を見つめ続けた。一時間が経過した。この探し方では何も見つかりそうもないと無念さが漂った。

と、そのとき、ぼうっと落ち込んだ自分の目が、人の波の間から銅像の前を斜めに過ぎるひとつの人影を見出した。何の根拠もなかった。ただ、整然と改札付近を歩く真っ当な通勤者たちと違って、その男の足運びには粗暴で投げやりな空気が醸《かも》し出されていたのだ。

カメラに近づき、男は次第に大きくなっていく。けれども、礼儀正しく整列して改札に出入りする行列に隠れて、顔は見えない。ただ、上下する両肩がときどき覗く。

あと六人、五人、四人……。四台の自動改札機に仕分けられて、一人ずつ男の前を塞いでいた人間が剝ぎ取られていく。三人、二人……。

前を歩く最後の一人はソバージュの女性だった。彼女が磁気式定期券を改札機に挿入しようと上半身を傾けた瞬間、一時停止ボタンを押した。彼女の髪のウェーブの間から、男の左胸が、肩が、そして顔が覗いた。ぼやけた映像からは、男の顔はよく見えない。

手作業で、一コマずつ映像を進めていく。

「あっ」

息を吞んだ。

男が磁気カードを胸ポケットから取り出す瞬間、胸元にきらりと光るものが見えた。映像を拡大した。それは、蜘蛛の形をした銀の首飾りだった。

七

傘の陰に背丈を持て余しながら彼女がやって来た日は、土砂降りだった。夏の小さな台風が東の海に逸れていく午後、笹本さんは現れた。いつものベージュのスーツの背中に雨染みが広がり、手に提げた布バッグがぐっしょり濡れてしまっている。スキッパーの襟先から滴が落ちた。

「悪かったですね、こんな日に」

「いいえ、せっかく持ち出すことができた宝ですので、早くご覧頂こうと思います」

小さなタオルを手渡すと、笹本さんは礼をいって前髪と頬を拭った。私は熱い紅茶を出す。

「香り、素敵です」と喜んでくれた。発酵茶葉とベルガモットの永遠に分からない香気を空想する。笹本さんがバッグから小さなメモリーカードを取り出した。

「これに、弊社のストレージに繋がるアクセスコードが入っています」

「ありがとうございます。こんなに早く手配してくださって」

「いえ。カメラを低画質に抑えても、一台で年間ざっと八テラバイトに達します。東京、神奈川、千葉、埼玉の一都三県だけで五百近く駅があります。弊社のハードディスクは、ペタバイトオーダーで記憶を入れては消し、入れては消しを繰り返します。データベースを入れておきましたから、量はとんでもなく多くても、ラミダスなら、動画ファイルを整頓しながら探すことは難しくないと思います」

「いいえ、安物のＣＰＵなので、気が遠くなるくらい時間がかかると思うんですよ」

頭を下げた私に、笹本さんが角２の封筒を手渡してきた。中身を取り出すと、コピー用紙に印刷されたカラー写真だった。

「これって？」

「未解決凶悪犯罪とは逆の話といってもいいかもしれません」

同じ人物の歩行写真が何枚も並んでいる。明らかに防犯カメラの映像から切り出したものだった。

「人探し……です」

笹本さんが、颯爽とした大企業の社員から、悩みのある一人の人間に戻ったように見えた。

「行方不明者届を警察に出すと、生活安全課の案件になるんですけど、探して見つけてくれる訳ではないんです」

写真には、七十代くらいの女性の何気ない姿が写っている。ワインカラーの眼鏡と緑色のセーターに、茶褐色のズボンを穿いている。デパートの紙袋を手に改札機に切符を挿し入れようとする姿は、周辺の空気にまったくといっていいほど同化して、違和感の欠片もない。

「北八王子という駅です、八高線《はちこうせん》の。これでも都内なのですが、一時間に二本くらいしか電車が来ません」

「どなたですか？」

「私の母です」

私が訊くと、笹本さんは間髪容れずに答えた。

沈黙が二人を包んだ。

少しして、笹本さんがその沈黙を破る。

「警察は一生懸命に見つけようとはしてくれませんでした。いまの職場に来て、管内の駅の防犯カメラの映像を自由に見られる立場になりました。願いはただひとつ。映像を片っ端から見て、母を探すことでした」

黙ったまま聞いた。彼女は三歳のときに、母親に駅のベンチに置き捨てられたという。時を経て、大きな鉄道会社に入った。入社の動機は、防犯カメラを使って母親を探し出すことだけだった。残された記憶と手元のわずかな写真を頼りに、三十四年前に自分を捨てた親を探し続けたのだ。

「能勢さんは、独学でラミダスを生むシステム工学を学んだのですよね？」と笹本さんが尋ねる。

「いやあ、これは学なんていうものではないんですよ。会社は広告代理店なのに、なぜかファミレスのオーダー受付ロボットをコンピューターで制御するプロジェクトに参入していて……。私は人間と対面するのが得意ではなくて、その代わりロボットやコンピューター相手なら無遠慮にマイペースで仕事できます。それで、ロボットなんかを喜んでいじっているうちに、関心が人体に向かっていって、骨格運動と演算の関係を身に付けたんです。それから、取引相手の親切な大学の先生に、スポーツ医学の基礎実験を見せてもらったりして……」

「凄いですよ。私はそういう能力がなくって、古い写真を片手に、毎晩映像を見続けて、とうとうこの女を見つけました。まるでかくれんぼの鬼」

女という一言から、笹本さんが母親に向けた愛情とは正反対の心の闇を、一瞬で窺い知った。

「それで、お母さんの身元は」と、私はプリントされた写真を指差した。

「ええ、やっと判明しました、住所まで。偽名を使って暮らしてました」

「会ったのですか？」

「いいえ」

反射的に「会うのがいいのではないかと……」といいかけた私は強い口調に阻まれた。

「恐ろしいんです、自分が。もしも会ったら、刃物を向けてしまいそうで」

静寂が戻ってきた。捨てられた子の気持ち。それが想像できない私ではなかった。

「能勢さん……」

写真から目を上げた。

「一都三県の映像は、これで全部見られます。情報に凹凸はありますが、過去四十か月分はかなり揃います。ほかにもあることは間違いないのですが、とりあえず主だったカメラからです」

「吉岡さんが喜ぶと思います。お蔭様でラミダスの運用が軌道に乗ります」

笹本さんがアールグレイを飲み干した。玄関へ送り出す。

「ありがとうございました」と深々と頭を下げた私に、扉を開けながら笹本さんが振り返っていった。

「嘘、ついてますよね、能勢さん」

「えっ……」

隙間から台風の風が吹き込んできた。

「私と能勢さんは、同じ人間の香りがします。ラミダスの使い道は、本当は警察への協力ではありませんよね」

「……」

「私には分かります。あなたも、誰か、人探しをしているということが」

彼女の瞳が私を包んだ。

「あれだけのシステムを一人で作って、あなた一人で動かしている。いや、あなたしか動かせない。あなただけの世界です。きっとラミダスを使って、あなたはたった一人で誰かを見つけようとしている」

彼女が微笑んだ。優しい笑みだった。

「いや、ごめんなさい、勝手にそう思っただけです。でも、人にはときに、どうしても探したい相手がいることがあると思います。私は、そういう人探しを応援します」

彼女の言葉に私の瞳は熱くなり、涙の波が目に膜を張った。

オフィスを出て、彼女の後ろ姿を見送った。強風にあおられて去っていく彼女の背中が、熱く霞んで見えなくなった。

八

夜のコックピットは熱かった、ラミダスを収めたダークグレーの箱の硬質の冷たさとは裏腹に。

ＳＩＵのデータサーバーに接続する。メモリーカードに書かれた通りのアクセスコードで、映像ファイルすべてにアクセスできることを確かめた。

ラミダスを起動する。作動音とともにデータ待機画面が見えた。いつものＣＰＵが頼もしく思える。動画ファイルを動かし、歩容のアグリーメント探索をかけていく。

――ここまで来たわ。きっとあと一歩ね。

四桁テラバイトは優に超えそうな動画を、ラミダスが発掘し、照合していく。

「不一致：これらのファイルに類似する歩容はありません：エラーコード１１９０３」

出かかった舌打ちを止める。最初から運よく狙った獲物が見つかることなど確率論的にあり得ない。

――そういえばずうっと演算していたわよね、工藤悟のときだって……。

何バイトチェックすれば終わるのか分からない。提供された映像にターゲットが含まれているかどうかさえ、何の当てもない。

ファイルを次々に開く作業を続けていく。ラミダスは自分だけの作品だ。私は話しかけていた。

――ラミダス。あなたに任せっきりにはしない。あの男を私も見つけ出すの。そうしないと終えられないから。

ラミダスが百五十台分の防犯カメラの映像を解析しているときに、私がたった一台の再生映像を見たところで、結果は変わらないかもしれない。しかし、私は確信していた。

――これは、私の闘いよ。

八時間も作業が続いた。ラミダスは働き続け、私は映像を見つめ続けた。歩容照合の進捗を確認する。ＳＩＵの室内に随時繋がっているカメラが合計何台なのかは、各時点で厳密には把握されていないそうだ。照合済みの情報量を見ると、この八時間で百台のカメラの半年分くらいの映像は確認しただろう。ラミダスは確かに勤勉だった。でも、これだけ動かしても、世の中の映像のごく一部しか分析できない。

懸命に動作するダークグレーの箱を見つめた。一晩費やしてもラミダスでチェックできる動画は高が知れている。ふっと溜息をつく。目が腫れている。ソファに横になる。鉛のように体が重い。オフィスの窓の磨《す》りガラスから東の空の赤橙色をぼんやりと見通した……。

作業が一週間を超えた。この間アパートには帰っていない。毎晩、花瓶に挿したチューベローズが上へ下へと白い花を咲かせた。夜だけ虫を誘うというセクシャルな香気が、ラミダスと私の苦闘を見守っていたはずだ。イライラを募らせながら、なぜこの作業が生理日と被るのかと悪態をつく。エアコンが効いているとはいえ、真夏の連続仕事だ。着替えも尽きて、体のそこかしこから汚物が吹き出しているかのような不快感のなかで、操作を続ける。

――必ず、見つけるのよ。

気が付くと、昼と夜の感覚がなくなっていた。光が邪魔で、窓を段ボールで覆うことにしてからだ。あとは睡魔と空腹だけが時計になる。空腹を満たすのは、コンビニエンスストアのおにぎりだけだった。ディスプレイの右下に置き時計があるけれど、四日目を過ぎるころから、ただの数字と化した。時間すら私を止めることはない。

どうやら目の限界が来たようだ。腫れぼったさを通り越して、もう痛みしか感じなかった。この動画群にはターゲットは含まれていないのではないかと、気持ちに初めて弱音が覗いた。いい加減アパートに帰ってシャワーを浴びてやり直そうかと思いながらソファに沈み込むと、眠りに捉われた。

甲高い警報音が私を現実に引き戻す。跳ね起きてコックピットにしがみつく。繰り返されるアラーム音が体の芯まで響き、震えが止まらなくなる。

画面に赤い矢印が輝いている。

「一致：歩容069－081C内の検索人物と一致します。誤判定の危険性0パーセント。ほかのファイルからも検索しますか？」と、抑揚のない白文字が画面を占めている。

ぶるぶる震える手でマウスを操作した。

カメラ番号　山手線大塚駅新改札総合03
日時　2019年6月4日07時11分
画面の基礎データ表示には、そう書かれている。カメラは、改札機の近くから駅前方向を望むアングルのものだ。

赤い矢印が追う男は、かなりの早足で改札口を歩いてくる。クリックして動画を止める。背が高い。拡大する。白髪だ。歳は五十手前か。意外にも、背広を着て臙脂色のネクタイを締め、一見するとしっかりした身なりの人物だ。

SIUに繋ぎ、徹底して大塚駅の動画を取り出す。平日の毎朝七時過ぎに必ず、男は乗客の列に混ざって同じ改札を通っていた。

男は正しい一市民に化けていた。

九

　どんよりと雲が低く広がっている。清々しさが漂うはずの彼岸過ぎなのに、その日は湿度が高くて、まるで梅雨時のようだった。午前六時四十四分。大塚駅前でバスを待つ振りをして列に並び、男を待った。ひしゃげた鼻先にマスクを押し当てる。目しか見えない格好なのだけれど、仮に素顔を曝《さら》したところで、目の前の私が、二十年前に凌辱の限りを尽くした幼女だと気づくはずはなかった。

　男には分かりやすい目印があった。毎日、褐色の使い込んだ書類鞄を左の小脇に抱えているのだ。

「来たわ」

　心に動揺は生じなかった。なぜならラミダスが予《あらかじ》め未来を教えてくれているからだ。

　バスの停留所の列を外れ、そのまま男の後をつける。改札をくぐり、ホームへ上がり、内回りの山手線を待つ。

　この後の男の動きを私は完全に予知することができる。男は8号車に乗って大崎駅まで行って降りる。最寄りには、階段のないエスカレーターだけの上り口がある。そこを上がると、コインロッカーを掠めながら目立つほどの早足になる。そして南改札口を出て左へ折れ、新東口へ向かう。ペデストリアンデッキが接続し、高層ビルが群れる再開発地域へ繋がるルートだ。男の自宅も勤め先もまだつかめてはいないが、鉄道事業者の敷地を歩く限り、男の動きは日々の習慣ごと完璧に把握できる。百パーセントの確信があった。

ホームに電車が入ってきた。8号車に乗る。この時間の電車は思ったより空いていた。男は優先席の車両連結部に近いほうに座った。幸いにも三人掛けの真ん中だけが空いている。私は男の右隣に腰を下ろした。

男の横顔を盗み見た。もみあげと白髪の生え際が目に入った。剃り残しの顎髭にも白がちらちら混ざっていた。書類鞄からスマホを取り出して、操作する。背広は高級品ではなかったけれど、クリーニングは欠かしていないと見え、ズボンには折り目がしっかりついている。ネクタイは紺の地に細い暗褐色の斜線が並んでいる。銀色の地味なタイピンで止まっていた。

見たところ、普通の会社員だった。

横から凝視していることに気づかれても、意図が伝わることはあり得ない。少し大胆にスマホを覗きこんだ。株式市況だ。ときどき繰る頁からは、アメリカ政府高官の発言が原油価格の高騰に結びついているという小難しい記事の見出しが目に入った。

背もたれに体をあずけ、斜め少し後ろから男の横顔をもう一度見た。

――思い出せない。

無駄だった。葬り去った顔の記憶が戻ってくることなどあり得なかった。この品行方正な平均的日本人サラリーマンが、私を力任せに襲い、体を嬲り、性欲の限りを見せつけたあの男なのか。母をめった刺しにしたあの男なのか。

新宿を過ぎて車内に乗客が増えたかと思うと、渋谷でまた一気に空いた。私の右隣の席が空いた。このままでは不自然だ。やむなく一席空けて、扉側の席に移った。変わらずスマホを操作する男。特徴が無さ過ぎた。電車はもう、ひとつ手前の五反田駅に進入していた。

——駄目だ。分からない。

ブレーキがかかり車体がきしむ。大崎駅に着いた。私は決断した。

男がスマホをぽんと鞄の中に落とす。男が立ち上がるのを確認して、私も立ち上がる。電車が停止し扉が開く。降りてすぐのエスカレーターに乗る。男が進むに違いないルートの一歩先を歩く。コンコース脇のコインロッカー前で足を速めた。

目の前に自動改札機が十四台並んでいる。男が必ず通過するのは車椅子対応の幅が広い改札機の右隣、三号機だ。早足で三号機に向かう。ICカードを手に改札機を通ろうとする寸前で、私は突然立ち止まり、マスクをもぎ取って振り向いた。

予測通り、早足の男は不意に反転した私を避けられず正面からぶつかった。書類鞄が地面に転がる。

私の鼻は男の顎とマスクの左下の紐を擦った。

男の大きな舌打ちが聞こえた。けれど、男は私の鼻を見た瞬間、息を呑んで目を見開いた。憐《あわ》れみと驚きと嫌悪で男の目が満たされていく。壊れた体を不潔と蔑《さげす》む目だ。男は鞄を拾い、眉間に皺を寄せて改札口を出ていった。

「コウタっ」

心の内で絶叫していた。マスクから漏れる男の吐息と、触れた肌からかすかに漂う体臭に、あの臭いを嗅ぎ取っていた。嗅覚のない私の鼻が。

十

コックピットに座り、言葉を噛みしめる。

「確実に完了する……殺人」

「入れ物だけでのうて、形無い『念』も……」

私は、香田からのメールを開いた。

「178‐029Eの解析の件です。お蔭様で巣鴨の易者殺しのホシにたどりつきました。強力な裏が取れて逮捕しました。まもなく報道に出ます。正義がひとつひとつ実現していきます。明日にでも次のヤマをもってまたそちらに行きたいのですが、ご都合はいかがですか？　先輩のお蔭で今度は初めて県警と組むことになり、茨城県岩間というところの女子大生殺……」

目をつぶってメールを閉じた。そして、新規メールの作成画面を開き、宛先を打ち込む。三つのサイトと四件のツイッターから見つけ出したアドレスだ。メモを見ながら一文字ずつ打ち込んでいく。さして長くもないアドレスを入力するのに、三回もミスタッチした。

——私でも、震えているわよ、今日は。

文面を打ち始めた。

『能勢恵と申します。ご相談したいことがあります。さして恐ろしいことを望んでいる訳ではありません。ただ……』ひしゃげた鼻を撫でた。『ちょっと人探しをして、ある男を見つけました。生きていたときの臭いが消滅するまで、体という入れ物だけでなく、その男のすべてを、焼き尽くしたいのです。会って頂けませんか』

送信ボタンを押した。背もたれに体を沈めると、返信を待った。猿人のフィギュアが、少し揺れた。

十一

ステラMTの第三企画課、通称「サンキ」は、私だけの城だ。窓ガラスに貼った段ボールを無造作に剝がして、久しぶりに開けてみる。冬の空気が冷たかった。十五メートルくらい先だろうか、更地だったところに建物が建ち始めているのが見えた。型枠の四角い区画に無数の鉄筋が並んでいる。いまからコンクリートを流し込むらしく、ミキサー車が駐まり、まるでキリンの首みたいな重機が高いところから管を伸ばしていた。周囲の樹々の葉が散り舞っている。落ち葉ごとコンクリートが固められてしまいそうだ。

コックピットに腰を下ろした。F1レーサーがしのぎを削るシートと同じ名前は大仰な気もするけれど、私にとってコックピットは、紛《まぎ》れもなく命がけの席だ。

一皮剝けたラミダスが息づき始めた。演算プロセスを改良し、CPUを更新した。メモリーもハードディスクも交換し、刷新された第二バージョンのラミダスは、私の好みの作動音を奏でるようになった。連続する低い唸りが耳に届く。この心地よい響き。信頼できる装置は、最初に音で応えてくれる。ひょっとすると伝統芸能の師匠が手塩にかけて育てた跡継ぎの仕事ぶりというのは、こういうものなのかもしれない。

——ラミダス。あなた、大したものよ。

よく目にする歌舞伎役者の顔を思い浮かべながら、心の内に声を投げた。

今日は警視庁の二人が相手だ。

工藤悟の逮捕以後、吉岡さんと香田から持ち込まれた未解決事件は、『巣鴨易者殺害事件』と『岩間女子大生殺人事件』、そして『板橋スーパー受水槽死体遺棄事件』だった。どれもラミダスはあっさりと容疑者を見つけ出した。もちろん計算量はそれなりに多かったけれど、もっとも時間がかかった巣鴨の事件でも、容疑者の特定が済むのに要した時間は二十六日間に過ぎなかった。一点だけでも類似の歩容映像が見つかれば、駅やカメラの範囲を限定しながら既存動画のチェックを始められるので、絞り込みが早まる。巣鴨の事件が三週間以上を費やしたのは、実は関東圏に在住していなかった容疑者を検出できる動画の数がかなり少なかったことが原因だろう。

巣鴨も岩間も板橋も犯行直後の手がかりが乏しく、事件発生から十五年から二十年、犯人が逃げ続けた事案だった。板橋に至っては、人為的に棄てられた死体とその行為者らしき映像は見つかっていても、スーパーマーケットの受水槽から出てきた白骨化死体は肝心の死因が不明で、殺人を示す証拠がなかった。いまラミダスが死体を遺棄した者を特定したところで、死体遺棄罪の公訴時効期間はわずか三年だから立件が難しい。しかし、探し出した人物はただの憎むべき悪人ではなかった。良心の呵責《かしゃく》というのだろうか。明確な容疑を向けられる死体遺棄罪を時効によって逃げ切れる可能性があるにもかかわらず、その人物は殺人の経過をすべて自供した。具体的で信憑性の高い供述から、殺害の全容解明にまで近づくことが可能となった。実際には犯人の清い人間性が解決を決定づけたといえるけれど、ラミダスの有効性はいまや明白だった。

部屋に入ってくるなり、吉岡さんが頭頂部に手を当てながら話した。

「昔の時効の決まりなら、こんなん殺し、みんなオミヤでお手上げや。巣鴨なんて、いつのこったぁ？　俺ゃあまだ髪の毛ようけあってなぁ、コマ劇の裏っ手でなぁ、チンピラのアイスピック鷲づかみにしてた頃の話や」

ただ、ラミダスの性能は、そろそろ私たち四人に重苦しさを持ち込み始めてもいた。

「能勢さんなぁ、この機械、調子良すぎるやないか。ほんでもってな、遠くぅないうちに、うちの偉いさんがお出ましになるといい出してるんや。なんで、そちらさんのお偉い人と、うちのキャリアが会うんかもしれへんな」

生まれがどこか知らないけれど、軟らかく喋る吉岡さんだ。でも、笑顔はなかった。傍らの香田は口をへの字に結んだままだ。ラミダスがこのまま陽の当たる表通りに出ていくことを、吉岡さんだけでなく香田までもが喜んでは受け止めていないようだ。

「能勢さんなぁ、その手で機械こさえるあんたも、キャリアとかが出てくるん、気に入らんやろ？」

私は首を縦に振った。

——ラミダス。あなたは私のものよ。

香田が口を開いた。

「能勢さん、僕は犯罪をなくしたいんです。かたっぱしから犯人を捕まえていけば、そのうち犯罪を犯す者はいなくなるのでは？　こういうときだけ偉そうに人権の議論が始まって、ラミダスが捜査に使えなくなることを心配しますよ。キャリアは世間の声に敏感ですから、ラミダスが世に出て、個人情報がどうとかいわれて……」

香田は容疑者の尻尾を捕まえる合理的武器を失うことを恐れている。この若い刑事の不満は、キャリア嫌いの吉岡さんのものとは違う。まして、母親探しに悩み抜いてきた笹本さんの思いとは入り口からして接点がなかった。

いま人権を先に立てれば、既存の法令だけでラミダスを非合法化できるに違いない。警察の気質をさして知らない私だけれど、囮《おとり》捜査や別件での拘束といった危うい手法を表沙汰にしたくないのは当然の考えでもある。頭抜けて高性能のテクノロジーを得ると、他者への優越感に浸るとともに、高性能ゆえの問題点や罪悪感が生まれ、その存在を隠しておきたいという気持ちが生じるものだ。警察も鉄道会社も、歩容解析はまだ進んで世間に知られたくはない技術だった。

犯罪ゼロを夢に見て、人権議論を警戒する香田。キャリアと心の距離があり、テクノロジーへの反骨心も湧き上がっている吉岡さん。母親への憎しみに苦悩しながら、人を探す心を見つめる笹本さん。そして……、私。

ラミダスの実力を知る四人の胸の内は、みなまったく別の方向を向いていた。

——東西南北、みたいなものね。

その微妙な思いの狭間で、いま、ラミダスは強烈に能力を発揮し始めていた。

——ラミダス、あなたはいいのよ、マイペースで。

香田が銀色の角の丸いハードディスクを鞄から取り出しデスクに置いた。次なる案件は、『北区幼児誘拐事件』『水墨画家見習い殺人事件』『大井町三女性殺人事件』の三つだそうだ。

「先輩、早い方がいいですよね？　ラミダスが使えれば、狙った獲物は逃さない。早いところ見つけましょう。この三件のホシ」と、勢い込んだ香田が隣で大股を広げて座る吉岡さんに話しかけた。

「ふうん、これ、ちょいとテレビに出してみてくれ」

銀の小箱を吉岡さんが指差した。

ハードディスクを繋げ、マウスを縦横に操作する。いつもの動画再生ソフトが動く。最初に現れたのは、男が小さな子の手を引いて歩く、わずか五秒半の映像だ。短いけれど、私くらいから上の年齢なら、報道で見て多くの人が知っているカットだった。

「こいつだけは許せないですよ」と香田が力を込めた。

大型ショッピングセンターから幼い男児が消えた。両親が目を離したわずかな時間の出来事だった。身代金の要求があったが、連絡はすぐに途絶えた。残されたのは、目立たない出口から男の子の手を引いて連れ出す男の、後ろ姿の映像だけだった。１９９８・０８・３１と表示され、扱いはいまでも誘拐事件だ。

続いて再生されたのは、美術館らしきフロアだ。淡い灰褐色に統一された壁。暖色の間接照明。いくつもの絵画が遠めの背景の中で美を主張している。同じカットが五回続けて流れるように編集されていた。カメラの前を左奥から右手前へ斜めに歩く人物が三人、繰り返し映った。

「見習いの水墨画家の絞殺体が、荒川河川敷で見つかった事件です」と香田がいう。

「こいつぁ古いでぇ。まあ、水墨画家見習いってぇ職業があるのかどうか、いまでも知らんけどなあ。自称っちゅうやっちゃな、こりゃ。お前、こんとき、おしめ取れとるんかいな?」

吉岡さんが香田をからかう。

「先輩っ……」と香田が苦笑いで受けた。「二番目に歩く、黒のジャケットの男を見てください。痩せていて……」

「これですね?」

私は一時停止をかけて、ディスプレイを指差した。

「はい、殺された男の唯一の生前の動画です。水墨画家を目指しているといっても、仕事もせずにぶらぶらしていたようです」

渡された紙資料に、撮影日一九九六年十月九日という日付が記されていた。いままでで一番古い映像を扱うことになりそうだ。一九九六年だとすれば、街路はもちろん駅にも防犯カメラはまだ少なかっただろう。美術館の出入り口だからこそ撮影された映像だといえるのかもしれない。

死んだ人間の生前の姿をラミダスに照合させるのは初めてになる。少し首をひねった。

「この件は、警察ドラマ風にいうと、『ガイシャの交友関係を洗え』といういい方になりますかね?」と尋ねると、刑事の顔がふたつ揃って縦に振られた。

「つまりは、当時、この被害者と歩いていた相手を、SIUに残る古い映像、アーカイブっていったらいいかな、そこからまず見つけ、それを現在の映像と照合するという狙いになるんですよね？」

香田が親指を立てた。笹本さんのシステム・イノベーション・ユニット、ＳＩＵとのやり取りは円滑に継続していた。問題は、当時の映像の量がおそらく乏しいことだ。

「まあ、少ないやろな、こんときにカメラぁは。路上にはあらへんよ。ほんでもって、地下鉄でサリンまかれるまでは、駅だってだーれも見張らんかった。こりゃあその翌年やから、なかなか難しいやな。悪いやな。面倒な仕事になるか分からへんが」と吉岡さんが恐縮した。笹本さんにいろいろ相談してみましょう、と私は応じた。

三つ目の大井町の事件には一九九七年に撮られた有力な被疑者の歩容があった。短いけれど、自動改札機至近の天井から撮影された、解析に使いやすい動画だった。

ちらっと、猿人を模したフィギュアを見た。

――刑事とお付き合いしてもつまらないわね。警察が追う殺人事件の犯人なんて、どうでもいいわ。

ふっと息を吐いた。

――でもね、あなたは、私だけのものよ。

心の内で誓いを立てる。

――必ず一緒よ、輝くときも、そう、消えるときも。

心なしか、フィギュアが鈍く光ったように見えた。

十二

不快な汗にまみれて目覚めた。中村橋オフィスのソファでうなされた。もう何日めだろうか。毎日のようにソファの上で脂汗を流しながら目を覚ます。

窓から射し込む東の陽光が眩しかった。陽に促されるかのように、鼻の奥が疼き始める。

コウタの臭いがした。あの日のあの臭いが、また私を攻め立てる。

闇サイトからの返信はない。

思い切り悪態をついた。フィギュアを手に取ると、デスクの真ん中に置く。コトコトと揺れた。

――怖気《おじけ》づいたのかしら。知らない人でも焼き殺すっていうから、頼もうとしているのに。こっちは本名に、丸見えのアカウントを使って丁寧にお願いしているのにね、ラミダス。

目線の先で、猿人が永久に変わらない歩容を見せている。

――確か、ザッカーバーグのおじさんだわよね、フェイスブックの創始者の。システムは創始するよりも育てる方が愉しいって、いったのは。

コウタを見つけてから、ラミダスを成長させようとエンジニアとしての熱がますます湧き上がっていた。マシンとしてパーツを入れ替え、性能を上げていく。次第にラミダスが自分の心の一部と融合していきそうな感触に、酔った。

画面に現れたネットニュースを眺めながら、話しかける。

――あなた、またお手柄みたいね。

ラミダスが追った犯人、水墨画家見習いを殺した岡田《おかだ》さえ子が逮捕された。関東圏を無作為に照合し、容疑者の洗い出しにこれほど高速で成功しても、ラミダスの貢献は警察内でも巧みに伏せられたままだ。法廷で検事が示す証拠に、ラミダスが登場することはなかった。いままでのところ、ラミダスはあくまでも人知れず捜査を支える裏方であって、証拠をつかんで訴訟で勝つために使うことが検討されているとは思われなかった。

吉岡さんによれば、以前から捜査支援分析センターの新技術の成果は、さりげなく現場捜査員にもたらされるのだという。ラミダスもどうやらその一例だ。歩容解析の結果は、プロセスを隠し、捜査上のヒントとして伝えられているそうだ。その結果、捜査員の誰一人として情報源が歩容解析にあるという真相に気づくことはない。

――蒸気機関も活版印刷も抗生物質も、実は、人類の行く末を憂えた未来人からタイムマシンで送られてきた情報を、それとなく当時の世界に落とし込んだというSFがあったわね。アシモフか初期のクラークあたりの、昭和の古いSFよ。

技術発展の歴史の知識量に自信はあるけれど、それをネタにしたフィクションを徹底して読んだ覚えもあった。独白に苦笑を混ぜる。動作するダークグレーの箱に目をやった。作動音が少し安定を欠いている。

――あなたの人探しは、このまま誰にも知られないのかも。

溜息を漏らした。ラミダスが降りかかる憂いをぎこちない駆動音に託しているのかもしれない。

目を瞬いて気鬱を振り払った。

――ま、私にはどうでもいいことよ。警察のテクノロジーの扱いなんて、ね。それより、私はあなたの明日を大事にしたいの。

十三

ヒトロコモーション学会の会場は、桜木町駅からしばらく歩いたところにあった。クイーンズスクエアを抜け、海までもう一息のところで左に曲がった。大きなガラスで囲われた会議場は、未来都市のリゾートホテルのようだ。SHLという学会の頭文字を連ねた青色のバナーがいくつも掲げられている。すっかり寒風にかじかんだ手をコートのポケットに突っ込んで、やっぱり横浜駅で乗り換えて、最寄りのみなとみらい駅まで電車で来ればよかったと後悔した。

ロコモーションとは歩き方のことだ。人間の歩行運動の解明を目指して会場に集うのは、七割までは大学の研究者。残りはＡＩに繋がったロボットを開発する企業スタッフだろうか。学会は最新の情報収集の場だ。目当ての演題は昼過ぎからだった。

――だから、違うってば。

国立大の准教授が発表している歩容研究の基礎理論に、始まって二分で突っ込みを入れる。周りを見回すと、三百人は座れるかという大きな会場に、五十人くらいの熱心な聴衆が身を乗り出すようにして聴いている。

——ST関節の曲がりは、一筋縄ではいかないのよ。ちょっとしたことが原因で、ST関節の曲がりと下腿《かたい》の捻じれが、時間的に一致しなくなるのよ。ヒトって、そういうもの。

ST関節は、ヒトの踵の部分の関節だ。距骨下《きよこつか》関節という日本語があるのだけれど、面倒なので横文字で略している。歩容を解析するとき、しばしば成否を握る分かれ目のひとつはこのST関節の評価だった。ST関節は、歩行中に地面に足を着けたときに曲がり始めて、接地の衝撃を吸収する。そして面白いことに、踏み出した足が踵から接地してこのST関節が曲がり始めると同時に、膝から下の脛《すね》の部分が自然に内向き、つまりは親指側に向かって捻じれるのだ。

この踵の曲がり方と脛の捻じれ方を画像から検出して、ラミダスは個人識別の重要なデータのひとつにしている。システムの設計としてそこまではよかったのだけれど、実際には、しばしば踵の曲がり方と脛の捻じれ方の間に、想定外の時間差が生じてしまうのだった。

ラミダスを生み出す過程で、この時間差には難儀した。たとえば、履《は》き物に影響を受けて、同じ人物でもST関節の曲がりと脛の捻じれが時間的にずれてしまう。それがラミダスの人物同定を何度も誤らせた。そのラミダスが個人の同定ミスを起こさなくなった理由のひとつは、ST関節の数値をあまり重要視しないように、フローチャートに私が手心を加えたからだった。照合をあえて「曖昧」にとどめたのだ。

——ST関節で人違いするのは、女の足先に見とれる男の馬鹿っぽい視線と同じ。履いてるピンヒールだけ見て一人の女に入れ込んじゃあ、駄目よね。

新進気鋭の准教授が誇らしげに紹介する歩行モデルは、基礎理論自体は非の打ち所がない。関節の取捨選択も妥当なところだろう。

——でもね、そのやり方では現実のヒトにはならないの。ガチガチの理論には塩加減が大切。

その証拠に、スクリーンに映る彼が拵えた歩行モデルの動画は、どう見てもヒトが歩く姿にはなっていなかった。頭で考えた理論値を投入して歩かせても、三次元ＣＧはヒトらしく歩いてはくれない。

——これじゃあ、まるでＣ‐３ＰＯ。

会場にも失笑が漏れ、件《くだん》の宇宙ロボットはスクリーン上でよろけている。

——百八の煩悩は、男前の先生をも悩ませるのね。このモデルは不合格よ。

照明を落とした会場で、笑いを嚙み殺した。挙手して質問する参加者がいた。

「腓腹筋《ひふくきん》の筋力を単純化し過ぎてモデルに投入するから、踵の動きがぎこちなくなるのではないでしょうか？　改良するには、たとえば腓腹筋の収縮を筋束《きんそく》ごとに分割して、もう少し丁寧に入力すれば良いかと思います。まあでも、ヒトのＳＴ関節の動き自体が複雑難解に過ぎますから、誰にもどうにもならないとは思うんですが」

新進気鋭君が応じた。

「確かにそうかもしれません。前脛骨筋《ぜんけいこっきん》の運動を実体化しやすくすることを意識したために、生理学的筋断面積が大きい腓腹筋を安易に強調し過ぎたのかもしれません。いずれにしてもＳＴ関節の複雑さは、いまだ手に負えません。今後の課題とさせてください」

私は、下を向いて笑いをこらえた。いや、半分以上、吹き出していた。

——筋肉のことはお詳しいようだけど、ＳＴ関節に関して古臭い理論に固執してＣＧを動かしているうちは、あんたのモデルはちゃんと歩かないわね。きっといつまでもC‐3PO並みよ。隣にいるハリソン・フォードお爺ちゃんの走りっぷりでも、もっとよく観察してみたら。

会場の照明が明るくなった。休憩時間だ。骨や筋肉を扱ったいくつもの研究が私には大いに参考にはなった。学会は情報収集の場だ。でも、ただのひとつも、歩容解析を格段に進歩させる演題は見られなかった。どれも肝心な部分で陳腐だった。

私は確信した。

――ラミダス、このまま先頭を走り続けるわよ。私と一緒なら、誰にも負けないわ。

満足して席を立ち振り返った私は、けれども、その瞬間に目を疑った。会場の扉から出ていく、見覚えのある後ろ姿を見かけたからだ。大きな上背、栗色のロングの髪、そしてベージュの上下……。

――えっ、笹本、さん……？

まさかと思いながら追いかけた。彼女が学会にいるはずはない。扉を押し開け、廊下に出る。が、扉のすぐ向こうに立っていた男に体ごと激突する。星条旗だらけのジャンパーを着ていた若い男を突き飛ばしてしまった。

すみませんと叫びつつ、左右を見る。どこにも、ベージュのスーツは見えない。

――やっぱり、気のせい？

腑に落ちないものを感じながら、さらに周囲を探す。

「能勢さん、ですよね。久しぶりです」

野太い声に後ろから呼び止められて、私の方が驚いた。

「あっ、ここで会えるとは、光栄です」

歩容研究の場を最初に見せてくれたスポーツ医学の教授だった。思わぬ再会に話を弾ませているうちに、笹本さんに似た人影のことはすっかり忘れていた。

十四

少しだけ日が長くなったようだ。コンビニ弁当の袋を手に、隣の建築中の建物を見上げた。高さはもうサンキのオフィスを超えていた。五階建てくらいになるのだろうか。目の前を、今日の工事を終えた作業員が五人ほど、ワゴン車で去っていく。好奇心で足場に張られたシートの隙間から中を覗いてみた。床も壁もコンクリート剝き出しの状態だけれど、うす暗い中になんとなく完成後の様子が浮かぶ。マンションの３ＬＤＫくらいの部屋らしい。居間のような広めのスペースの奥に水回りらしき配管が覗く。不用心で誰もいないので中まで入ってみようかと思ったけれど、さすがに遠慮した。

コックピットに戻る。グラスに少し前から色違いのビオラを五本挿してあった。

――香りはどうかしら？　ラミダス。

フィギュアの目と鼻の先に花弁が広がっていた。

――ねえ、笑っちゃうわよ、この話題。

動画ニュースが岡田さえ子を詳しく報じている。画面をスクロールした。

——女の恨みの晴らし方ったら、男の頭を花瓶で殴って、胸を匕首《あいくち》で刺して成功すると喜んでるのね。空挺部隊や潜水艦乗りにまで女が進出する時代。ゼネコンや大学経営のトップにも女がのさばる時代。社長になれればライバル会社の乗っ取りを女がやる時代。いまさら女が上がらない人生の舞台は相撲の土俵くらいのものなのに、犯罪だけはいまだに旧態依然の男社会よ。雇用や出世を男と平等にしても、ルールと技術で強引に社会進出を進めても、女犯罪者がやることはみんな二流よね。それは、腕力や凶暴性が女に不足しているからではなくてね。本当の理由は、女がもつ犯罪の動機が貧困だからよ。女の社会進出がいちばん遅れている領分は、凶悪犯罪。とくに殺人ね。まるでスカートの内側を隠すように、人を殺す意志を本能で封じているのよ。

「平成の毒女」が、岡田さえ子に芸能マスコミが贈ったニックネームだ。どくじょって独身女性の自虐スラングかと思っていたら、ここ何週間かで朝と正午のテレビ番組から、違う意味での連呼が始まっていた。以前は「ふけいさん」って教わった婦人警官が女性警察官になったのと同様、犯人の側も毒婦と呼ばれなくなるものか。ただ、毒婦が毒女に変わっても、女の犯罪を見る世間の目が、品のない好奇に満ちているのは変わりなかった。

香田を突《つつ》くと少しずつ話が聞ける。岡田さえ子は予め用意しておいたワイヤーロープで婚約者を絞殺した。……とはいっても、もしかしたら被害者を婚約者だと信じているのはいまでも世界でただ一人、岡田さえ子本人だけかもしれないが。

岡田さえ子は、元々普通の目立たない会社員だった。それが突然会社を辞めて独立、バブル景気に乗じて高級家具の輸入販売で成功し、年収三億円を超え、港区の高級マンションを手に入れた。当時四十四歳のさえ子は、水墨画家になる夢を追う、干支で一回り年下の男と知り合い関係を持った。捜査段階で、さえ子に堕胎の事実があったことも浮かんできた。もはや情報の元はさえ子の証言のみといってもよいけれど、そこから知れるのは、被害者となる男がパトロンを得て金に困ることなく生きていける毎日に溺れ、水墨画家の夢などいつの間にか忘れたらしいということだった。そして、男の気持ちは次第にほかの若い女に移っていったらしい。

男へ向けた「愛」は、さえ子にとって、命を奪うまでの怨念に化けるほどのものだったのだろうか。おそらく男の存在は、身の周りに湧いてくる金銭よりも大切なものだったに違いない。証言から読み取れるのは、さえ子の愛情に対する若い男の裏切りが、彼女の殺意を弾くのには十分だったということだ。

ラミダスに話しかけた。

――私は、こんな人殺し女にはなりませんから。

ネットで検索をかける。さえ子の表向きの過去は、「毒女」と入れると、掘り出すことができた。事件が迷宮入りになりかけたのは、二人の関係が表には出ていなかったからだろう。自社の社員にも取引の相手にも、さえ子は男との暮らしを隠し続けていた。「平成の成功者」として経済誌がこぞって取り上げたときでも、私生活にはまったくふれられていなかった。貿易のことなど何も知らない地味な女性が、欲しかった腕時計をなけなしの小遣いで手に入れながら輸入という営みに関心をもっていく経過が、立志伝としてネット上で面白く盛られている。その筋書きでは、男関係は謎に包まれている方が絶対に面白い。

結果、河川敷で発見された死体の身元が割れても、さえ子とのつながりは浮上しなかった。彼女は捜査対象の範囲に一度も現れなかった。『水墨画家見習い殺人事件』という捜査本部が掲げた看板は、男の金回りが妙によいことと、男に犯行とは何の関係もない女が二、三人いたことを突き止めただけで色褪せたとか。

——大金を手にして、それで囲ったうだつの上がらない男一人をわざわざ殺すのね、このお婆ちゃん。ま、お婆ちゃんになったのは最近だけど。

画面では、起業成功者としてもてはやされた頃の顔と、警察のワゴンで移送されていくいまの顔が対比されていた。ふたつの写真の間にはざっと三十年の時間が経過している。

——昔でも普通に素敵な女よね。目なんか力あるし。キュッとした顎、いいわ。

事件が動いたのは、奇跡的に残っていた品川駅構内の動画が突破口だった。ルーズソックスの女子高生の隣を、水墨画男と肩を寄せて歩く岡田さえ子を見つけ出したのは、もちろんラミダスだ。顔をいくらサングラスやマスクで覆っても、この歩容を現在の駅で撮られた動画と無作為に照合して岡田さえ子にたどり着くのは、ラミダスなら可能だった。

動画の中のさえ子は、カールした前髪にセミロング、シャギーの髪。

薄く笑った。

——四十半ばで、若作りしたかったのね。

着ているのは鮮やかな萌葱《もえぎ》色のワンピース。ふわっとしたボレロとセットだ。年下の男の気を懸命に惹こうとする様子が見えた。ラミダスが暴いたのは、岡田さえ子の歩き方だけではない。成功した女の、人生の落とし穴。それをラミダスは掌中に収めた。一方で水墨画男の方はといえば、ずっと若い別の女と歩いている動画が二、三点、見つかってきた。被害者に関して一時捜査線に浮上したその他の男女関係というのは、この女たちを意味したのかもしれない。

さえ子の自供に、犯人しか知り得ない具体性の高い話が豊富に含まれていることを、報道が伝えている。

「岡田さえ子は、喉の骨が砕けるほど、見習い画家の男の首を強く絞めたことが明らかになりました。それは、彼女の恨みがどれほどのものか、物語っているような気がします」

私は、笑いをこらえることができなかった。

——恨みって、相手の首をロープで絞めていくことで満たされるのかしら？

くっくっくと声を出して笑った。

——世の中の恨みって、薄っぺらねえ。

警察署の裏口でストロボの瞬きを浴びているさえ子の目を、凝視した。

——で、この人は、自分の手を汚して男を殺して、それで満足したの？　ロープを首に巻いて、骨が砕ける音が聞こえれば、それでいいの？　人間の気持ちってのは、そんなに単純なものなの？

膝を揃えて座り直し、掌を腿の上に置く。そして、画面の向こうの老女に語りかけた。

「岡田さえ子様。あなたの恨みは、その程度のものなのですか？　あなたの恨みは、自分の手を血で汚せば、それで、終・わ・る・の・で・す・か？」

言葉通りにマウスで七回デスクを叩くと、フィギュアに目をやった。

——その程度の怨念を晴らすために、ラミダス、あなたを働かせる気はないわ。

ラミダスは何もいわない。与えられた命令通りに、ハードディスクのシーク音を響かせるだけだ。それは完全なくらいに、私を無視した。
――私はね、この人と違って、相手の心臓を止めるくらいじゃ、飽き足らないの。
画面には、女警察官に抱えられてワゴン車に乗り込む岡田さえ子が映っている。
――寺を焼かれたあの京都のお坊さん、いいことといったわよね。
鼻の頭をそっとなぞった。
――いまからが本当のお楽しみよ。永久に葬るのよ。コウタの「念」を。

十五

いつものベージュのスーツの襟から、ブローチが柔らかい薄紫の光を反射していた。今日は笹本さんの印象が違う。栗色の髪をフィッシュボーンに編んで、すっきりと下げていた。
私がいるのはSIUの会議室だ。都会の、空に届くようなビルの中だ。会議室といっても、スチールとアクリルのパーティションで区切られているだけだ。床にはグレーのカーペットが敷き詰められ、白いデスクも黒い椅子も、おそらくはオフィス全体で統一されているのだろう。合理的で変化に乏しいデザインは、生身の人間の精神を毎日少しずつ蝕んでいきそうだ。ディスプレイを好みで選び、勝手にフィギュアを置いて、眩《まぶ》しければ窓を塞ぐことのできる、どこかの誰かさんのオフィスとは違う。ここでずっと平穏に仕事ができるのは、量産機種のような人間だけだろう。今日私を呼んだ当の笹本さんがここには不釣り合いだと思うのは、私だけだろうか。

若い男が笹本さんの一歩前に出て立っていた。幼さ丸出しの顔に、入社式で着そうな濃紺のスーツと水玉のネクタイ。七五三に毛が生えたみたいだ。眠そうな細い目。そして、顎の右寄りにほくろ。こちらの鼻を見てもちょっと視線を泳がせただけで済んだのは、笹本さんから私に関する予備知識を聞かされていたからに違いなかった。

「学生してて、システムをやってんっすけど。ちょっと前からバイトなんかしてます、ここで。会社に来るときは、せめてカッコだけはちゃんとしろって叱られちゃって」と、男はワイシャツの襟をいじった。

「名前は?」と笹本さんに促され、口を歪めながら「石倉《いしくら》っす」と答えた。

最低限の自己紹介もできないらしい。その様子に私は呆《あき》れたが、笹本さんは気にした素振りはなく、私に紹介する。

「アルバイトとはいえ、弊社のSEの面接試験にはネクタイとスーツで来るのが普通です。なのに、この子はアメリカの国旗だらけのジャンパーと破れたジーンズで来たそうなのです。普段はそれだけで落とすところでしょうけれど」と笑う。「実はコンピューターを触らせると人が変わったように『出来る』ことがすぐに判明しました。工学系の大学にいるのですが、そこの先生のアシスタントとして大きなシステムの心臓部に触ってきたらしく、相当に出来るみたいなのです。ただ、卒業したくないらしく……」

笹本さんが目配せすると、石倉が口を挿んだ。

「いまんとこ、六年間学部生してて。学生学生学生学生学生学生って、とこかなぁ」

「いつもこんな喋りなのです。守衛につまみ出されないように、服装だけは直させたのですが」

初対面でないことに気がついた。横浜の学会で、私とぶつかった男だ。となると、会場で見かけたもう一人は笹本さんだと確信した。でも、こちらから学会のことを話題にするのは何となく躊躇《ためら》われた。システムに強いアルバイトなら、笹本さんが歩容解析の議論の場に連れていって、一緒に一から学ぼうとしてもおかしくはない。歩容解析が彼らにとって必要な知識になりつつあるのだろう。

別の男が緑茶を持って入ってきた。お茶くみを若い男性社員にやらせて、ノージェンダーバイアスを来訪者にさりげなく主張しているのだろうか。外部に向ける小さな日常からして、やはり大企業だ。

「弊社のデータですが、お役に立っていると吉岡さんから伺っています」と笹本さんがいった。

「私は技術者でしかないですよ。ラミダスが貢献している警視庁のお仕事に対して、先日二人には感謝されました。会社はどうですか？　警察にとって歩容解析は純粋に研究という面もあるようですけれど、鉄道事業者が画像提供に二の足を踏んだら、ラミダスは道を閉ざされるかもしれません」

私の言葉に、さっと笹本さんの目が憂いを帯びた。

「社内にいくつかの意見があります。元々警察への協力には無条件で否定的な人もいます。一方で、弊社に少し前に組織されたセキュリティ創発部門というところは、運輸や営業、ＳＩＵとも独立しているのですが、公共施設での生体情報の収集と利用を警察と完全に一体化させるプランをもっているそうです」

そういいながら溜息をついた。

「実際には、いまはラミダスの存在は皆に知られていない段階です。あの驚異的な能力を知るのは会社内でもごく一部です。装置が動く様子と、それがどれほど速く人物を探り当てるかという経過を経験している人間は、弊社には私以外にいません。ですから、それを知らない人たちに装置を見せたら、拒否反応は高まるでしょう。以前、駅に防犯カメラを設置するときにも似た経緯で反対論が出たと聞いています」

横目でほくろの坊ちゃんを見ると、えくぼを返してきた。可愛いところがある。学会に続いてこの場に同席させるところを見ると、見込んだアルバイトを笹本さんが教育しているのだろうか。そんなに優秀なら、ひょっとして卒業後に即戦力として採用しようとしているのかもしれない。

「それから、弊社は運輸政策のからみで国との繋がりが少なくありません。とある筋から、個人情報関連のデータ利用が近いうちに法改正を含めてさらに厳格化されるという話が入ってきています。表向きは、あくまでも顔認証に使われるデータをどこまで警察に提供できるかという観点で論議していますが、私は、そのことがラミダスの運用方針を揺さぶるだろうと危惧しています」

そこまで話すと、笹本さんは大きな鞄から厚いファイルを取り出した。

「だからという訳ではありませんが、今日は、私なりにひとつ新しい話をお見せしたいと思いました。これは吉岡さんたち、つまり警察とは別に、能勢さんにだけお話しすることとです」

石倉がちょっと顎を引いた。

「実は、人探しを会社の正規の仕事として確立する動きを始めています。といっても、私の思いがどこまで通じるか分からないのですが」

笹本さんの目が輝いていた。この人の瞳には、自然に溢れ出る思いやりが光になっている。

「どうしても再会したい人を探すことが、普段から駅のカメラの映像でできないかと考えました。ラミダスを知ったとき、技術的にはもう問題なさそうだと……」

少し石倉が気になったけれど、思い切って口を開いた。

「それは、笹本さんの長年の思いでもあったのでしょう」

「……ええ。ご存じの通りです」

笹本さんが、「急に話が大きくなりますが」といいながら、話した。

「国の運輸需要がもう大きくならない中で、鉄道事業者はいま不動産業のような将来しか構想できなくなっているのです。地価の高い遊休鉄道用地を、店舗やオフィスとして貸したり商業開発したりしようと。新しい仕事のアイデアはそのようなことばかりです。それでは貸しビル業と同じで、私たちにしか実現できない新しい未来像を打ち出しているとはいえません。見知らぬ人と人が一期一会の接点となるかもしれない駅は、本来もっと夢があって心優しい場所だと思うのです。だから……」笹本さんが改めて私を見据えた。「駅が人探しの場として、鉄道を利用される皆さんを温かく見守る場になったらいいと、真剣に考えました」

笑みをこぼしながら話を続ける。

「駅には昔から、たとえば伝言板があったり、待合室があったり、小さなお店があったりしました。そこに、ラミダスを使わせていただければ、駅を愛おしい人とまた会える場所にできると信じます」

愛おしい人とまた会える場所……。

——ラミダス、あなたいま、素敵なお友達と出会っている。

もしかするとラミダスの幸福な未来は、ここにあるのかもしれない。

「そういうお話にラミダスが活かせるとしたら、何より嬉しいですよ」

「でも、お恥ずかしいのですが、どこまでも商売なのですよね。うちの会社ときたら」と笹本さんが呆れ顔を見せる。

「商売？　お金儲けですか？」

「ええ、あくまでも会社はビジネスですから、人探しを有料でやろうというプランにすぐなります。人探しを一件いくらで引き受けるのかという価格表づくりが、会議の最初の議題になってしまうのです。競争相手は興信所、探偵業だと。マーケットを予測する部門が社内にあって、専らその方向ばかり調査しています」

「それに、人々が警察に行方不明者届を出さなくなるかもしれませんね」と、私が話を添えた。

「現状でも既にそうかもしれません。もちろん、この件は会社として警察とも話をすることになるでしょう」

彼女が見せてくれた母親の写真が蘇ってきた。

「これを業務にするには、運輸業本来の仕事の範囲を外れるので、法的認可も関わってくるらしいです。つまりこれでお金を取るとなると、たぶん別会社の仕事になりそうです。それこそ調査機関のような会社を作るという考え方ですね。既に駅の中のコンビニなどたくさんの関連会社がありますから、そういうビジネスのやり方だけは手慣れていて。一方で、誰かを探す人の立場に立とうとしません。一番大切に思えることが後回しになるんです。どうも私と意識が違います」

この人は自分と似ている、と私は思った。

笹本さんと私がラミダスを使う目的は対極的だ。会社の環境も違い過ぎる。でも、人間が似ている。二人とも世の中の物差しを遠ざけているのだ。

「なので、私がここまで考えて進めた人探しが、今後会社の正規の仕事に……、上の者はすぐ収益モデルといいますが……、そうしたものに合致するとは思いません。いまは、あくまでもお客様への親切心から、『進めても構わないよ』と片眼をつぶってくれている段階です。でも、実績を積み重ねれば、駅の未来像として本腰を入れてくれる可能性があるかと小さな期待をもって、やっていきたいのです」

どこまでも目が綺麗だった。

――あんな目をもちたいのよ、私も。

私が欲する目は、きっとラミダスの目でもあるはずだ。

「これをどうぞ」

私は、差し出されたファイルを開いた。分厚かった。アルファベットと数字で区別された案件がいくつも並んでいる。手書きが多い。何度も書き改められた様子が見渡せる。少しずつ調べては心を込めて懸命に作ったのだろう。手作り感が温かかった。

「いまでも紙で仕事するのが好きでして」と笑う。「Cのあたりをご覧くださいますか」

高校生の頃使って以来のインデックスシールから、C01を開いた。案件が要約されている。コピーを手にしているのだろう。石倉も紙の束を繰っている。

Ｃ０１
届出人　１９７５年11月29日生まれ。女。
行方不明者　母。１９４６年10月5日生まれ。
経緯　１９８０年に母親と生き別れた。父親とは、現在も会うことができている。
現存資料　届出人とともに食卓を囲む様子の写真とネガ。旅先の記念と思われる短い動画。
（ダブルエイトのフィルム。コンバートできるか？）。

明らかに後から括弧書きでダブルエイト云々と書き加えられているのは、途中でラミダスに動画が使えることを意識したからだろう。
「届出人というと警察の行方不明者届の文言のようです。私がそれを表面的に真似て整理したのも事実です。でも私は、事件がなくても、この人たちを探してあげたいと思います」
Ｃ０２を開いた。

Ｃ０２
届出人　１９３９年４月25日生まれ。女。
行方不明者　長男。１９７３年６月21日生まれ。
経緯　長男（一人息子）は１９９４年に家出の後、行方不明となった。「仏の道に入る。探さないでほしい」という書き置きが残されていた。高校時代の成績が抜群で、国立大学医学部に入学。日頃から将来医師として生きることへの疑問を周囲に漏らしていたところ、突然失踪した。医師の道を棄《す》てたことに関して、父親（故人）と深い確執を来した。
現存資料　失踪時の書き置き。高校の卒業文集に写真複数。大学時代のノート類多数。高校の体育祭の動画。（素材はVHS-Cテープ）。大学入学時にオリエンテーションで撮影した集合写真。

顔を上げて、笹本さんを見る。この人を動かすのは、家族に思いを馳せる深い想像力に違いなかった。

私は尋ねた。

「Cというこの一連の案件は、いったいどういう経緯でここまでまとめられたのですか？　会社さんからは、お金儲けにならなくて優先順位の低い仕事とされているのに、これだけのファイルを蓄積するというのは、並大抵の努力ではできないことでしょう」

「ああ」と彼女の目が宙を泳いだ。「尋ね人を募っている訳でもないのに、人探しの依頼って、ときどきあるものなのです。意外に多いのは、人間を探してほしいと駅の忘れ物窓口に連絡してくる人です。その依頼を集めてみることから始めました。もちろん、会社は積極的には支援してくれませんけれど、駅にやって来る人を助けるのは、そこで働く社員としては誇りをもつことのできる仕事です。個人のレベルで助けてくれる同僚もいます。いまは気の合う同僚が遺失物担当にいますので、人探しの依頼があると、すぐ彼から私に連絡してきます。夫婦喧嘩の家出の後始末のような話も来るので、どれが取り組むべき案件かという見極めも必要ですが」

彼女が笑った。

「同僚の善意にも支えられて、いまのところは進んでいます。これを続けられるのは、人の気持ちが集まりさえすれば、大切な人は見つかると信じるからです」

家族の愛に思い至る笹本さんの優しさは、合理的なビジネスの枠を超えて、何人かの人の心を捉えているに違いなかった。きっとそれは、消えてしまった相手をもう一度見つけ出す力になる。

彼女がファイルを指差した。

「ぜひC06を見てみてください」という言葉に、頁を開く。石倉が紙を捲《めく》る音も続いた。

C06
届出人　2005年10月11日生まれ。男。
行方不明者　父（戸籍上は記載なし）。生年月日不詳（1970年頃か）。
経緯　届出人とは面識なし。届出人の母親（2014年病死）から、亡くなる少し前に、フィリピンのボホール島で知り合った日本人男性が、届出人の父親だと告げられた。
現存資料　ボホール島タグビラランの街での写真と動画。海岸で届出人の母親と映る動画。動画素材は8ミリビデオテープ。
補遺　届出人の父親のフィリピン滞在は違法の可能性が濃厚。母親も当時奔放な暮らしぶりで、フィリピン渡航時に行きずりの男女関係をもった。その相手の男が届出人の父親。

笹本さんを見る。

「ここまでくると、鉄道会社とは本来関係がなくなってくると思うのですけれど……」

「ええ。その通りです」と即座に笹本さんが答え、ページを指差した。「残された映像素材や写真は弊社や旧国鉄用地内で撮られたものではありません。その意味からは、関わりのないお話です」

静寂が少し続いてから、笹本さんは顔を上げ、私を見つめた。

「駅は、何の所縁《ゆかり》もない人間がたくさん集まる、人生の交差点のようなものだと思うんです。仮にラミダスが開発されていなかったとしても、私はきっと、この人たちの気持ちを助けたいと思って、何か活動をし始めていると思います」

恨みと思いやりと……。怨念も愛情も、等しく人探しの動機だった。ただ笹本さんの言葉には、私を圧する力があった。

「このCのシリーズは、時間も経っていて、情報が乏しいものばかりです。でも、短くても動画が残されています。ラミダスなら……」優しい眼光が私を捉えた。「探せます」

古い規格の動画素材は再生する機材もままならない。しかし、笹本さんは行方不明者の古い動画を現在の汎用フォーマットでデジタル化し、端末から見られるように準備を進めていた。笹本さんが石倉に合図する。私たちは、ワークステーションがたくさん並ぶ部屋へ移動した。

ここは技術的な打ち合わせで、これまでに訪ねる機会があった。大企業の大袈裟なところか、白衣をまといIDを付けた技術者が三人、深刻な表情で立ち話をしている。

「昨日いくつかの大きな駅でぇ、カメラからの録画ファイルをサーバーに回収する頻度を変更したっす。そしたら不具合が出て、調整中っかな」

石倉が三人を見て、内緒話のように小声で話した。

「どうぞ」笹本さんが席に座るように勧めてくれた。「石倉君、操作お願い」

自信ありそうに彼はディスプレイの前に陣取る。マウスを操る石倉の肩越しに画面を見つめ、背後の笹本さんの吐息を感じた。

「行きまあっす」とほくろの坊ちゃんは、異様に素早くデータベースからCのシリーズに関する映像を開いていく。

石倉は指示を受けなくとも巧みに画像を切り替えていった。Cシリーズの動画には、たとえば何気ないある日の家族の光景もあった。バージンロードを真っ赤な目をして進む父親の映像もあった。学芸会で歌う幼児の集団もあった。

犯罪者を見つけようと四六時中スイッチが入ったままの防犯カメラの映像は、忙しく動くにもかかわらず、まるで冷たい石のように見える。ラミダスのプログラムに私が流し込んできたのは、誰だか分からぬヒト集団の凍てついた歩きだった。でも、この映像には、「心」が宿っている。笹本さんが手作業で集めた映像は、レンズを通して人間に親しみと愛情が向けられている。撮影者の精一杯の思いやりが動画に込められていた。改めて思い知らされた、私がラミダスに見せてきた映像からは、人の心が一番大切にしてきたものがすっかり抜け落ちていることを。

ラミダスを冷酷、怨念、そして死と結び付けたのは、私だ。でも、世の中の人探しはそれだけではなかった。

「C06の動画を開いて」

「オーケーですぅ」と石倉がアイコンを触り、的確にファイルを選ぶと、画面を指差している。

「えっと、こんなんがあるっかな。昔の画像って、なんでこんな酷いんだろうなぁ。イライラしちゃいまっす、このザラザラ。ザラザラ、ザラザラって感じが」

イライラするのはあんたの喋り方だと思った。石倉は被写体には関心を向けず、フィルムの質にばかり喰いついた。興味をもつことがあると、それにだけは執着する。技術系の人間にはあり得る傾向だろうけれど、この男のは度が過ぎている。

極彩色の海が画面に広がる。古い素材なのは雰囲気が伝えてくれるけれど、絵の具で出せそうもない青とピンクの光沢が混ざり合った海面の色は、永遠に変わることのない南の珊瑚礁《さんごしょう》だけのものだ。

アングルを固定した映像だった。三脚を砂浜に立てて撮ったものだろう。唐突に、画面手前から恥ずかしげもなくいちゃつく男女が出現した。サングラスをかけて半袖のブルーのシャツを着た男の腕に、白い帽子の女がぶら下がる。女は淡いオレンジ色のノースリーブのワンピースで着飾っていた。フリルのついた襟がお洒落だ。女が帽子を飛ばす。ウェーブのかかった長い髪だ。男の両肩に飛びつき、しばらくキスを続けた。音声もあります、と笹本さんがいった。けれど、ミュートを外しても、規則正しい波の音と、ときおり女があげる嬌声しか聞こえなかった。そのまま二人は砂浜に倒れ込み、しばらく男が女を胸に抱き込んだままになった。

笹本さんが、このまま五分くらい続きますという。レンズを広角に引いた挙句、画面右下方に二人が大きく片寄ってしまっている。浜辺に寝て濃厚な抱擁を交わす二人は、男がサングラスを外しかけた場面でちょうど終わりになった。

「次はこっちかなぁ」と石倉がいった。

雑然とした街中が映し出された。英字だけれど読めない単語が並び、背景には露店で食事をする人々が映っている。

「ボホール島で最大の都市、タグビラランです。マニラから距離があり、この時代だとリゾート開発はまだ控えめで、日本人は少なかったと思います。いまではセブ島と並んで、リゾートエリアを近くに抱えているようですが」と笹本さんが解説した。

左手前に一番大きく映っているのは両替所だった。明らかに素人の手持ちカメラで、画面が揺れ続ける。

「ブレを相対化して視点を固定する処理やってみたい、こういうのぉ」と石倉がいう。

すると前触れもなく、両替所からさっきのサングラスの男が出て来た。くしゃくしゃの紙屑のような紙幣の束をポケットに押し込んで歩く。助かった、と思った。浜辺で寝転ばれては歩容データが取れない。この街中のカットなら、日本の駅に照合可能な歩容の動画が存在すれば、ラミダスなら気づくだろう。南の国の陽射しの中とはいえ、男はすべての場面で大きめのサングラスをかけていて、素顔はわからなかった。そのまま十数秒で動画は尽きた。

「この……C06は、案件を訴えてきたのが高校生なのですね？」

私は尋ねた。

「ええ、いま十六歳です」

「警察には？」

「Cのシリーズは、すべてが一応警察に届けられています。C06は、海辺で映っていた女性が、届出者である高校生の男の子の母親に当たります。その後病死していますが。死の直前、母親は映っている男性が父親だとまだ八歳の息子に告げ、息子のためにフィリピンでのあらましを書き残してもいます。母親は、警察のほか、外務省にも連絡したようです。でも、男の、つまり父親の手がかりは何も得られないとのことです」

「男の名前は分からないんですか？」

「母親が息子に遺した話の中に、豊原真一《とよはらしんいち》という名が出てきます。ですが、きっと偽名です」

笹本さんの仕事振りは、まるで探偵か、さもなくば刑事のように見えなくもなかった。

笹本さんが続ける。

「豊原真一という名前では、外務省にそれらしい出入国の公式記録はないそうです。フィリピンには不法滞在の可能性もありますし、逆に、隠れて日本に再入国している可能性もありそうです。ただ……、事件が起きない限り、警察は行方不明者を積極的には探しません。このファイルには、いってみれば、警察に助けを求めることのできない、弱い人たちの思いが詰まっています」

弱い人たちの思い……。ラミダスをつくった動機とはまったく違う心の源泉だった。

「手作業での解決が困難なものが集められています。なかでもC０６は難しい案件になります。現在この男性が国内にいる可能性が何とも分かりません」

石倉がキーボードを叩く鈍い音が続く。

笹本さんの人探しを、幼い頃から流し続けた彼女の涙が、温かく包んでいるのだ。笹本さんは、どんな障害があろうとも、誰に邪魔されようとも、駅で人探しを続けるだろう。たとえ、探す人間と探される人間の間に深い心の亀裂があったとしても、彼女は必ず両者を会わせようとするはずだ。

――それが、この人の人探し……。

心の内で声を上げていた。

――ラミダス。プログラムを走らせるなら、この人のため……。

笹本さんの思いやりが、私のつくった力任せのラミダスを、人々の心に受け入れられるシステムに変えようとしていた。

「動かしてみます、ラミダスを」と私は答えた。

深く頭を下げた笹本さんの目に、うっすらと涙が浮かんでいるのに気づいた。笹本さんの気持ちは痛いほどよく分かった。

扉が開く。お揃いのIDを首から提げた男女が四人、大きな声で喋りながら部屋になだれ込み、向かい側のコンピューターを取り囲んだ。

「ははは、このデータって、羽越線《うえつせん》？　こんなに乗んないの？」

「でも、なんか、支社の仕事ぶりが小さ過ぎて、可愛い」

「意図的に利便性下げて地域のお荷物にして、手放していくのは経営の本線だろ？」

「ここんとこさ、こんなのさっさと三セクにおろしゃいいのに」

「きゃははは」

石倉が不愉快そうに彼らを睨んで舌打ちすると、座ったまま伸びをした。ハンカチでさっと目を拭った笹本さんが、その様子を見て「ご苦労ね、石倉君」と肩を叩いた。ビジネス一辺倒の人間たちに囲まれながら、彼女は一風変わった若者を育てようとしていた。

十六

春らしさを感じる朝だ。オフィスに入ると、コックピットに陣取った。ストックのたっぷりした白い花弁が猿人のフィギュアと向き合っている。形はよいけれど、この花、香りはどうなんだろうと、ふと思った。

毎朝の日課のようなものだ。前日のコウタの足取りをデータで確認する。照合する映像は、一九九九年一月二十一日の小岩駅。ファイル名「069‐081C」。あの日のコウタの歩きだ。以前はプログラム文に映像の番号を逐一挿入していたけれど、いまではシンプルな入力フィールドが画面に出るようになっている。何度となく打ち込んで指が記憶しているファイル名をフィールドに入れ込むと、次に検索する駅の範囲を選ぶ。マウスを走らせて駅を選択するフィールドを出す。借家を探す不動産サイトほど便利ではないけれど、第二バージョンは私が使いやすいように、駅名とカメラ番号と時間帯を容易に選択できる入力フィールドを備えていた。コウタの存在を確認するために関東中のカメラを無作為に網羅する段階は終わっていた。まずは東京二十三区内にあるおよそ八十の駅の主なカメラを検索すれば、コウタの日常は十分に「監視」することができる。

ラミダスに語りかけた。

——普通に真面目なサラリーマンよね、これじゃあ。

コウタは怠けることなく大塚駅と大崎駅の間を通い続けている。見つかる歩容動画から、ときどき夜の街で羽目を外しているらしいのは明らかだけれど、中年サラリーマンの範疇《はんちゅう》を逸脱してはいなかった。本当の名も職業も知りたいとは思わない。ただ、この男の身も心も滅ぼしたいだけだ、私のやり方で。そのためだけにラミダスが追い続けている。

別の照合指示の結果に移った。昨晩日付が変わった頃には、ラミダスは一仕事終え、照合プログラムの多くを休止して、次の検索方針の指示を待つ段階に入ったことが読み取れた。アパートで一眠りしているうちに、ラミダスはあっさりとターゲットの人間を見つけ終えたのだろう。思わず笑みを漏らした。

——岡田さえ子の老け歩きにはちょっと苦労したけど、その分、大井町のは、大したことなかったようね。

検出結果の一覧を呼び出す。

——さ、歩きを拝見しましょう、血も涙もない犯人さんの。

容疑者に関して、ラミダスは既に九十六もの映像を抽出し終えていた。私がチェックしたところで何か状況が変わる訳でもないけれど、吉岡さんや笹本さんに連絡する前に見ておくのは、システム責任者の最低限の役目でもあった。

ターゲットは都内にも現れていたけれど、どちらかというと多摩川の向こう側、横浜周辺の駅で鮮明な映像が数多く検出された。今度の容疑者はマスクを外しているケースがいくつもあって、フォーカスもよく合った真正面の顔がしっかり撮られている。

若く見える男だった。髪をきれいに分け、身だしなみに気を遣っている印象を受ける。ただ、目だけは、常人とは違っていた。この男の目は、何を見ているのだろうか。生きている人間の目でありながら、そこには呼吸する命が存在していない。

男の眼光が放つものは、いかにも殺人者が見せそうな残虐や凶暴ではない。その目が見せるのは、虚無だった。人間の存在を無視するような真の空虚。命を否定する鉛のような冷たさ。男の目は死の光を湛《たた》えている。

大井町の事件は『大井町三女性殺人事件』と呼ばれている。品川区の西大井駅と大井町駅周辺で、およそ一年の間に三人の女性が殺されたのだ。うち二人の女性に関しては強姦された形跡があり、殺害方法などから同一犯ではないかと見られていた。ある程度手がかりが多かったのは、三件のうちの最初の犯行だそうだ。

一九九七年九月二十九日。被害者となる美容師の女性は、勤め先を出て、友人との飲み会に参加。知り合いと別れてから、自宅にほど近い横須賀線西大井駅の防犯カメラに姿を残している。しかも、彼女は一人ではなかった。改札手前で歩きながら彼女と話す男が映っていた。そして二人で前後して改札機を抜けていた。

ところが、それきり彼女は忽然と姿を消した。実家の家族から捜索願が出されたが、目撃情報はなく、彼女と西大井の改札を通ったと思われる男が、およそ二時間後に、少し離れた京浜東北線大井町駅で、一人で入構する様子が録画されていただけだった。

急展開したのは三か月後だった。あきる野市内の山林でガソリンをかけて焼かれた死体が見つかり、歯科治療所見から彼女の死体と断定されたのだ。被害者の自宅を改めて詳しく調べたところ、彼女のものと思われる拭き取られた微量の血痕が検出され、あらためて駅のカメラに映った男が確度の高い容疑者とされた。被害者は帰宅後間もなく殺害され、死体は、準備を整えた犯人によって翌日以降に車で運ばれ、発見場所近くで焼かれたという推測が成り立った。

犯人が映像に捉えられたと考えられるこの事件は、解決は難しくないと楽観視される空気が警察にあった。しかし実際には、映像以外は何も手がかりが出なかった。被害者には異性との交友関係は見当たらず、人物周辺からは重要な情報がもたらされなかった。現場から疑わしい指紋と靴跡がいくつか採取されたけれど、初動の遅れから、西大井駅の自動改札機で容疑者が使った乗車券の回収はできなかった。大井町駅で録画された映像から切り取った手配写真を公開しても、容疑者の足取りすら見えてこなかった。その後数か月を経て現場近隣で立て続けに二人の女性が殺害され、地域を震撼《しんかん》させることになる。連続殺人として捜査が行われたが、二件目三件目は犯行がより慎重になったのか、手がかりが少なかった。これが香田から聞かされた事件の全体像だ。

映像を絞り込んで解析指示を出した。男がとくに高頻度に通過するカメラをラミダスが抽出するのに、さして時間はかからなかった。

通勤なのだろう。男は平日の朝、小田急江ノ島線の藤沢駅の改札口に現れる。跨線橋《こせんきょう》の上にある東海道線との乗り換え専用改札だ。ここから東海道線に乗り、横浜へ移動する。横浜駅では多数のカメラに捉えられていたけれど、いずれにしても7・8番ホームから中央通路に降りて、西口へ消えていく。夕刻から夜にかけてはルートに変化があったけれど、やはりまずは横浜駅で入構し、最終的に藤沢駅で小田急線に乗り換えていた。

――ラミダス、よく見つけてくれた。この男、どのくらい、悪い奴なのかしら。ま、人を三人殺して焼くくらいだから、善人じゃないわね。

改札の奥に消えていく男の背中を見ながら、呟いた。

十七

技術者としての本能が、いま、ラミダスを思う気持ちに結晶しつつあった。ラミダスの信頼度を完全に近づけるには、量的トライアル、つまりは大量歩容抽出と検証試験を課さないといけない。

笹本さんからは同僚社員の映像を使ってみるようにいわれている。しかも助かることに、社員個人が特定できるICカード乗車券の改札通過情報を使わせてもらうことになった。ごく近しい職員だけでご容赦ください、という彼女からは、それでも二百三十六名分のICカードの自動改札通過情報が提供された。これと該当の改札機近くの防犯カメラの動画を合わせれば、この二百三十六名に関しては個人名を特定しながらの歩容データの取得が可能だった。

一方で、吉岡さんと香田は、捜査支援分析センターから四十一名分の警察関係者の映像の使用を申し出てくれた。警察関係者といえば大袈裟だけれど、要は、センターに関与したことのある警察官本人とその家族だった。ラミダスができるだいぶ前に、センター独自で人間の歩幅の検討が試験的に行われたことがあって、少数の警察官とその家族が被験者になっていた。駆り出された協力者については二方向からの歩容映像が撮影済みだったから、理想に近い撮影条件の動画をラミダスに解析させることができた。

ＳＩＵのデータを使って、首都圏の駅構内の動画を解析対象にした。都内を生活圏にする鉄道会社職員と警察関係者の計二百七十七名の動画を、当人には告知することなく使わせてもらって、駅の映像との照合を進めた。およそ五百駅、過去一年分の映像を照合していく。改良した第二バージョンのラミダスにとって、難しい仕事ではなかった。

二百七十七名分の発見場所のデータを見せながら、中村橋で三人と協議することになった。個人ごとの膨大な足取りを、各人に配ったタブレットの画面で見てもらう。

「駅の改札口で、近い将来、ＩＣカードを省略し、お客様の顔だけで入出構を確認し、運賃を課金する仕組みに移行しようというプランがあります。これに歩容解析が組み合わさると、ほぼ完全な個人識別生体データがデジタルの世界に落とし込まれます。……実は、不気味ではあるんです」と笹本さんが心持ちを漏らした。

「先輩、警察官がどのくらい仕事をサボっているか、これ、バレちゃいますよ。たとえば、第四機捜の安西。ちょくちょく平日の昼間に浜松町の乗り換え改札を通るんですけど……」タブレットを見ながら香田が声を張り上げた。

該当の動画を七十インチのディスプレイに出した。吉岡さんが画面を覗き込む。

「知らん顔やな。まぁ、天下の刑事部は、でかいからな」

「いつもこのジャケット羽織っているんです」

「そりゃぁお前。ハマ・マツ・チョウゆうたら、モノレールぅ乗ってや、あれ行くんやろ」

吉岡さんが両手で馬の手綱を握る真似をした。

「……いや、捜査だと思うんですけどね」

「いんや、きっと、遊びぃや」

苦笑いする吉岡さんと、しかめっ面の香田だった。

「今後はプロファイリングと犯罪心理学でもって、捜査をより迅速に進めるようになるはずだから、情報を網羅的に集めるラミダスみたいな考え方は時流に合っていると思いますよ、僕」と香田だ。

「それとなあ、こりゃあ……、夫婦喧嘩のネタかいな。なんでぇうちの嫁が平日の十一時に吉祥寺とやらに居るんや。ほんでもって高校入ったばかりの娘がな、学校のある駅に毎日現れるのはええけどな、なんでぇ二十一時二十四分に高田馬場の駅をうろうろしてからうちに帰って来るんや」

吉岡さんがポケットから出したルーペを片手に、タブレットの画面を凝視した。ラミダスを運用すると、公務員であれ主婦であれ子供であれ、監視することが可能になってしまう。警察官に関していえば、プライバシーのハードルが下がるから、遠からず行動を合法的に丸裸にされるだろう。

冗談ともいえない二人の感想戦の雲行きに、私はいった。

「まあ、そのあたりは署や家族で話し合ってくださいよ」

けれど、三人に笑いは起こらなかった。代わりに、「近い将来深刻な社会の課題になると心配します」と笹本さんが口を開くと、少しの静寂が続いた。

「ところで能勢さん、ターゲットのロストはありますか」

冷静にもラミダスの能力を尋ねたのは二人の刑事ではなくて、笹本さんだった。石倉と一緒に歩容解析技術を学び始めているからかもしれない。興味が深まっているのだろう。私はゆっくりと答えを整理して話した。

「結論からいうと、ある警察官を一人、ロスト、つまり見つけ損ねました。その人物については香田さんとやりとりしました」

香田が二度三度と頷いた。

「この人物です」と、私は被験者名簿一覧を呼び出し、クリックした。少し前まで呪文のようなコマンドを入力していたヒトの個体識別は、いまでは名簿化され、特異なコマンドは不要になっていた。

映像は何年か前の春先の新橋駅東口前だった。性能のいいカメラなのだろう。とても鮮明だ。ゆりかもめへ通じるエスカレーターの下あたりから改札口へ向かってくる人物を、指で直接差して追ってみせた。白のブラウスにラベンダー色のプリーツスカートだ。真っ黒なショートの髪をチェックのヘアバンドで飾っている。

「女性ですか?」と笹本さんが尋ねる。

「んが。こりゃ、お嬢さんかいな。どこぞのおめかしした婦警さんや」と吉岡さんが画面を覗き込む。

吉岡さんの言葉選びに香田が小さく笑う。「トカゲだったんですよ、彼女。実は運動神経抜群で。僕、多少は知っている子ですが、着飾っている彼女を見るのは初めてです」

香田が説明を続けた。トカゲというのは、おもには白バイ経験者の警察官のことだった。普段は通常の捜査員だけれど、必要なときにはその運転技術を頼られて、バイクで追尾に当たる人員を指している。

「彼女の場合、女性の歩幅のデータが少なかったので、四年前に捜査支援分析センターが歩容を撮影したとのことです。で、その後、バイクで車を追跡中に大きな事故に巻き込まれています。避け損ねたトレーラーに潰されて足の骨を粉砕されたとのこと。二〇二一年からは、左足に人工股関節を入れています」

笹本さんが眉間に皺を寄せ、いかにも痛そうな表情をつくった。

「彼女が歩容抽出をすり抜けた理由は明白ですよ」私は話を続けた。「事故日以降の日付に関しては、ラミダスは彼女を追うことができなくなりました。正確にいうと、手術以降は関東圏の駅構内に別の人間が出現したことになりますよ。人工股関節適用者は、ラミダスの目では別人と判断されます。チタンの人工股関節の耐用年数は優に二十年以上になりますから、今後彼女は、ラミダスにとっては長く別人として生きていきます」

「あ、せっかくなので、先週センターに呼んで、改めていまの歩容を撮影しておきましたけど。高校時代にハードルでインターハイに出ているそうで、逮捕術でも足には自信があったとか。なので、手術には落胆するところがあったみたいです」と香田が付け加えた。

吉岡さんがディスプレイを指差す。

「このあったまいい機械でも、人間が大怪我すっと、間違えるんか……」と興味ありげに話す。

「手配写真から逃れようとなぁ、顔を整形するやつはいっくらもおったんやが、これからのホシは足の骨ぇ入れ換えんと、俺たちから逃げられへんか……」

「あと、今回の量的トライアルで気づいた注意点は、痛風の中高年。もちろん男ですけれど」と付け加えた。

間があって吉岡さんが大笑いした。「俺は贅沢病とは縁ないわな。けどな、刑事部にときどきいるんや、つうふ。痛いらしいでぇ。誰やったか、カミさんにどつかれる方が楽や、いっとったっけ」

香田が吹いた。場が落ち着くのを待って私が話した。

「痛風は、実際には中途半端な歩行困難の例は少なくて、痛みから普通に歩けなくなるようですから、その状態だとラミダスに引っかからなくなりますよ。トライアル期間では、五十代の被検者さんに痛風で解析から弾かれた人が二人出ました」

「二人とも弊社の社員です」と笹本さんが添えた。

「一人は治癒したそうで、ラミダスに再び検出されるようになっています。実際の運用の場で、痛風が解析を混乱させることは少ないと思われますよ。でも、一定数の男性が突然歩容を維持できなくなるという意味では、今後は頭に入れておくべきことかと思います」

吉岡さんが口を開いた。

「女は、痛風分からんやろ。こっちはお産の痛さぁ分からへんがな、永遠に男と女は分かり合えんもんや」

話が少し飛躍した気もしたが、後の二人は頷いている。

十八

一時停止した画面を見つめる。ラミダスが照合に使った、あの日の小岩駅の改札口だ。古ぼけた空気の中にぼやけた男が浮かび上がっている。コウタだ。

掌に載せたフィギュアの頭を、指で撫でた。

――この男ね、この手で殺すほどの価値はないのよ。

猿人の体毛のモールドが照明の光を弾き返した。

――でもね、あたしの鼻は、……こうでもしないと、落ち着かないのよ。

デスクの引き出しを開けると、自慢の「作品」を取り出した。銀色のワイヤに、100ミリ×100ミリ×230ミリの真っ黒な直方体が繋がっている。

厚い真鍮板を直角に半田付けして本体を組み立てた。角をやすりできれいに整形し、塗装は艶消しの黒。側面には、フリマで仕入れた青緑色のメノウのカメオを接着した。カメオにはキリスト教じみた母子像が彫られている。一瞬、元気だったときの母の顔を思い出した。

――ラミダス、ロケットって知ってる？　遺骨を入れるペンダントみたいなものよ。本当は、大切な人の骨を肌身離さず身に着けているためのものでしょうけれど。

「作品」にはちょっとした細工を施しておいた。底面が二重になっている。内側の底面は孔《あな》だらけの網板だ。普段は外側の底面がそれを覆っている。固定金具を外して外の底板を外すと、孔がいっぱい開いた内底が顔を出す。食卓によくあるスパイス入れを上下逆さにしたかのようだった。

――これはそのロケットの拡大版ね。このくらい大きいと、四角い水筒みたいに見えなくもないけど。

爪の先で、大きなロケットを軽く叩いた。鈍い響きのいい金属音がした。

――ラミダス。トライアルは草臥《くたび》れるでしょう。でも、ちょっとすれば、このロケットで面白い仕事が始まるわ。期待しててね。

長さ二十センチほどの籐《とう》で編んだ四角いポシェットを用意してある。編んだ小箱は、いかにも女性の持ち物だった。

――久しぶりよ、こういうの。こんなの持って、女の子みたい。そうだ、ちょっと踵の高いパンプスでも買おうか。

そのとき、返事をするかのようにラミダスのシーク音がした。

――賛成してくれるの？　あなたにも女を見つめる目があったりして、ね？

ラミダスにも紙一枚くらいの気持ちの起伏があったっていい。毎日一緒に暮らしているのだから、高揚する心をもったっていいのに。

ポシェットの提げ紐の付け根にロケットのワイヤを装着した。腕を伸ばして少し遠くから眺めてみる。小さな籐籠に、太めのロケットの漆黒が思ったより調和していた。

――うん、悪くないわね。

私は、ポシェットを腰の横にかざした。鏡が欲しいと思うのは何年ぶりだろう。他人に目を背けられる自分の顔にも、これなら絶対似合っている。

――なぜなら……。

籐籠を肩から提げて、両手を背中で組みながら上半身をひねってポーズをとった。

――このことのために、私は生きているから。


三日後の朝、私が立ったのは藤沢駅の乗り換え跨線橋だ。寒さが緩む季節だけれど、手がかじかんだ。ポケットに突っ込んだ今年最後の使い捨てカイロで、指先を温める。乗り換え専用改札を駅の出口と間違える人がいるのだろうか、駅員が一人自動改札の脇に立っていた。目配せするその視線が気になって、東海道線側の少し離れたところに位置取りをする。マスクをつまんで高い位置まで持ち上げて、鼻を念入りに隠した。履きなれないパンプスが左の小指に当たって、ちょっと痛い。でも、ヒールは少し高め、爪先はきゅっと尖って、スエードの落ち着いたココア色。気に入っている。

腕時計を見た。八時四十分だった。

――あの目っ。

ラミダスと見た目だった。男が現れたのだ。映像通り、小田急線側からこちらに歩いてくる。コートをまとった人の波と一緒に改札を抜けると、階段を下り始めた。五メートルほど後ろについた。ホームで様子をそっと窺う。SIU経由で昨晩見たこの場所の映像と同じ、ネイビーのショートコートを羽織っている。すぐに上野東京ラインの上り電車が入ってきた。男が乗る車両は日によって違っていたけれど、今朝は9号車を選んだ。

ＳＩＵからは、コマンド次第で車内の動画も提供されるようになっていた。残念ながら、狭い車内の映像に歩容解析が使えるケースはとても少なかった。よほど空いていない限りは、カメラの視野を他の乗客に邪魔される。でも、ホームのカメラで人物を特定すれば乗る号車を確認できた。後は号車ごとの車内映像を入手すれば、車内でのターゲットの様子は見ることができた。四人掛けボックスシートのある車両に乗ったとき、男が必ずといっていいほどその向かい合わせの座席に座ることは、事前に分かっていた。

男は四人掛けの奥の窓側に入り込んだ。通路に立って観察する。肩から提げる黒い鞄を膝に載せた。鞄からスクリューキャップの缶コーヒーを取り出すと、マスクを外して二度三度と口に流し込んだ。顔が確認できた。ターゲットに間違いなしだ。

大船駅に着くと、男の隣の席が空いた。ささっと座る。たくさんの人の目がある中で向かい合わせ座席の奥に男を封じ込めるのは、この仕事にとっては最適な状況だ。前に並ぶ二人の女は耳にイヤホンを入れ、スマホに夢中になっている。男は眠いのかもしれなかった。目を閉じて、うとうとしているようにも窺える。

戸塚駅を出た。横浜までちょうど十分間。無停車だ。事前に立てたプランに従うことにする。私は男の肩を軽く突いた。

「すみません、あのお」

男がこちらを向いた。背中に冷水を浴びた気がした。間近に見る男の目が、黒く冷たく光った。もしも事前に見ていなければ、この冷酷な輝きに少しは気圧されたかもしれない。

突然眠りを妨げられたからだろう。男は私を見て不愉快そうな反応を見せた。余計な台詞は要らなかった。

「一九九七年九月二十九日に、西大井のホームにいましたよね。美容師さんと一緒に。それだけいえば分かると思いますが」

すぐに男の目が驚愕に慄いた。私は、わざと男から目を逸らし、腕を組むと、車窓から青空を見るように少し高めに目線を投じた、あたかも、男そのものに関心がないかのように。そして、抑揚のない言葉を男の耳元に続けて注いだ、時々薄い笑い声を混じらせながら。

「私は警察でも美容師さんの遺族でもありません。心配は無用です。その後の二人の女とも無関係です。ただひとつ、私の依頼を聞いてもらえませんでしょうか。やってほしいことがあるんです。お得意のガソリンを使って」

目の前の二人の女は、相変わらずスマホに熱中している。

横目で男を見た。こちらを見たままの男の頰が震え出すのが、マスクの上からでも分かった。顔だけではなかった。鞄を握りしめた手もぶるぶるとわなないている。ボックスシートは思った以上に心地よかった。電車は小気味好く加速していく、とある座席に二人だけの秘密をかくまって。

十九

久しぶりの雨だ。訪れた老人介護施設は、エントランスにコデマリの切り花がたっぷりと活けてあった。白い花びらが乳白色の瀬戸物の花瓶と相まって、殺風景な玄関に瑞々《みずみず》しさを添えていた。

笹本さんと私が訪ねたのは、堀込康子《ほりごめやすこ》だ。約束は土曜日だった。笹本さんからは勤務日以外の仕事の誘いを盛んに恐縮されたけれど、私がぜひ彼女に会いたいと望んだことだ。そこに、恨みと悪を抽出するだけではない、もうひとつのラミダスの姿が見えるかもしれなかった。

「営業部の皆が忙しいウィークデイには、この案件では出にくい事情がありまして」と笹本さんは弁解してくれた。

大企業というのは社員の数だけ考えがあるのだろう。金儲けしか考えない輩はどこにもいるはずだけれど、一方で、輸送とは直接結びつかないような世間の片隅の出来事を、他人事《ひとごと》とは思わない社員もいる。笹本さんの思いは、何万人という大所帯の陰に隠れて息づいているに違いなかった。私が勤めるステラMTとは何から何まで対照的だった。社員数が、片や数万、片や二桁。それでいて、どちらの会社も、社の価値観からしたら逆さまにしか生きられない似た者社員を一人ずつ、確かに抱えていた。

堀込康子が暮らす施設は、田園都市線のたまプラーザ駅からほど近いところにあった。地域の医療拠点として機能する総合病院と一体で開発された八階建ての建物は、一見するとセンスのいい分譲マンションにすら見えた。

私たちを迎えた八十二歳の老女は、すっかり銀色になった髪をきれいに梳かし、肌を薄く塗っていた。お婆ちゃんでもお化粧は素敵だと思う。

「こんな大雨の日にすみませんねえ」という老女は顔を上げて私を見ると、「あなた、お鼻はどうされたのですか？」といった。

普段から時々起きているものを見たような、平然とした口調だった。十年以上この鼻を抱えてきて、会ってすぐに面と向かって訳を尋ねられるのは初めてだった。八十年を生きると、人間はどんなことでも普通に話せるようになるのかもしれない。

「これは、以前、事故で怪我したものですから」と笹本さんに話したのと同じ説明をする。「びっくりなさいますよね、申し訳ないです」と付け加えながら、マスクで隠した。

施設の応接間のようなところに通されている。見たところ、入居者は大きな食堂で家族や来客と会うらしいのだけれど、プライバシーを気にする案件のときは、多少隔離された感じの部屋を使うのだろう。

「堀込さん、朝からお洒落《しやれ》して、そわそわしているんですよ」

五十歳は超えていると思しき女性の介護職員が、緑茶を淹れながら場を和ませる。仕事上、来客の用件をある程度は知っているはずだから、ユーモア混じりの口調は、双方の緊張感を解こうとするベテラン介護士の手慣れた技量に違いなかった。

お辞儀をして彼女が廊下に出ていく。康子が丁寧な礼をいった。

「鉄道会社で営業を務める笹本と申します。こちらはアシスタントの能勢です」

笹本さんが名刺を出した。ラミダスで行方不明者を見つけ出したことは、相手が社会的接点の少ない人間であっても、やはり隠さなければならなかった。笹本さんと私は、必要な範囲で事実を隠して伝えることに決めていた。

「彼女が、駅のカメラの映像を見ながら、似ている人物を探したのです」と私を紹介した。

決まりの悪い心持ちで、小さく頭を下げた。笹本さんは私をちらと見ると、用件を話し始めた。

「お電話でお伝えしましたように、ご子息が見つかりました」

皺の間から開かれた康子の目が、こちらを見た。

「お嬢さんたちの努力で。こんなことまで……。なんとお礼を申したらよいか」

涙がもう溢れ出していた。

「先日、結果をお話ししましたが、息子さん、智久《ともひさ》さんは、都内で僧侶をしておられます。これが国立《くにたち》駅での智久さんの様子です」

笹本さんが背表紙にC02と記されたファイルを手に、一枚の写真を机に置いた。そこには、黒の僧衣がしっくりと似合う小柄で黒縁眼鏡をかけた中年男が、改札機を背にして収まっている。

香田の事件よりも、笹本さんの尋ね人の温かさに心動かされ、警察案件を先に送ってまでラミダスをフル回転させてターゲットを追った。ラミダスはこの難問を六日間ほどの解析で解決してみせた。最初の警報を鳴らしたのは、中央線西国分寺駅の動画だった。空を高架に遮られた薄暗いホーム上で歩容を特定されたのは、一人の男だった。チェックのシャツにグレーのスラックスを穿いている。鮮明な動画から歩容データを増やして、中央線とそれに接続する武蔵野線《むさしのせん》を中心に照合していくと、主に平日の国立駅と新秋津《しんあきつ》駅構内で高頻度に認められる人物だった。両駅ではいつも僧衣をまとっていた。

経緯から、対象の人物が僧侶となっている可能性は高かった。一方で、笹本さんが該当人物の改札機通過情報に当たったけれど、ICカードの登録情報からは僧名、つまり、僧として改名した後の名しか判明しなかった。

結局、最後に足で歩いて調べたのは笹本さんだった。ラミダスのデータを元に国立駅で声をかけたのが最初の接触となり、二度目に時刻と場所を設定して対面したところ、相手は自分の素性を話した。彼は堀込康子の一人息子、智久だった。私が「笹本さんはまるで探偵事務所のエージェントですよ」と話すと、「人力で探すのは慣れています」と笑った。でも、平日に僧侶を追うために、彼女は何日も休暇を取ったに違いなかった。

堀込智久は国立駅近くの大きな宗教法人の職員かつ僧で、新秋津駅は彼が一人暮らしの借家を構えた場所だった。お坊さんもサラリーマンなのかと不思議に思ったけれど、親世代から受け継ぐ寺のない僧が宗教法人に勤務するのは珍しくないという話を、背景を調べ上げた笹本さんから聞くことができた。通勤もおつとめのひとつらしく、法人への勤務自体が修行に相当すると解釈されているそうだ。

笹本さんは、いくつもの写真を老女の前に広げた。

「息子さんはご実家を出られた後、各地を転々としながらも福岡県のお寺に落ち着いて、仏の教えを修めました。ご住職は、心を病んでいた息子さんのことをご家族や警察には伝えようとはしなかったようです。息子さんご自身がそのことを強く拒否したこともありますが、ご住職は宗教者として、息子さんを仏の道に導いたのだと考えられます。そのご住職は三年前に亡くなられていますが」

康子は黙って大きく頷いた。

「息子さんはさらにいくつかの寺で修行を続けたとのことです。最終的に国立にある宗教法人に籍を得ています。お坊さまとしては、『どうぜん』という名を頂いているとのことです。道路の道という字に、善悪の善を書きます。それから、それぞれのお寺での修行の模様は……」

私は、斜め前からずっと康子の表情を窺っていた。時折涙を拭き、笹本さんが指し示すファイルを覗き込む。感極まって言葉が出ない様子だった。

「……以上が、ご子息について分かったことです。これにまとめてあります」

綴じた紙の束を、笹本さんが康子に渡した。

「道善……。立派な名前を授かって……」

しばらく涙を流していた康子を二人で待った。老女は顔を上げると、笹本さんを見て口を開いた。

「警察の方が探してくれても見つからなかった智久を、電車を走らせている皆さんがねえ……」

涙が止め処なくこぼれ落ちる。警察に届けて既に四半世紀を経ていた。

「智久がまだ学生のときに、私も亡くした主人も、あの子には医師になって社会的に高い地位をと望みました。でも、次第に無口になり、部屋に引きこもるようになりました。大学をやめてまで仏様を拝むというので、主人は、そうですね、いわゆる勘当というものでしょうか、厳しく言い放って別れを告げました。『もう二度と会わない』と。警察には、主人に相談もせず、私が勝手に届けました。でも、主人が智久を忘れることなど、もちろんありませんでした。最期は、息子の名前を呼んでいました」

康子は傍らの紙袋から小さな写真アルバムを取り出して、こちらに見せた。

「これが主人でしてね」

その人物は四角い印画紙の中で穏やかに微笑んでいる。

「ほら、ともちゃんが帰ってきましたよ。こんなに立派になって」

康子はご主人の写真を駅で撮られた僧侶姿の智久と向き合わせた。手にした大きなタオルで顔を押さえる。声が詰まった。

「……あの子に信じたものがあるのなら、これでよかったと思います」

老女の言葉は美しかった。息子はきっと人に慕われ、尊敬される僧侶として生きている。そう信じる母親の人生も美しかった。

すべてを聞いた智久が涙に暮れたという事実を聞かされた康子は、国立駅の人波に埋没するかのような、一際小柄の僧侶の写真を両手で握りしめ、ずっと見つめたままだった。

帰り道、笹本さんも私も言葉が出なかった。電車の窓を雨滴が静かに打ち続けた。都心の駅まで近づいてから、笹本さんが口を開いた。

「人探しは、見つけた人を世の中からもう一度消しかねないこともあれば、消えていた人を生き返らせることもあるのでしょう」

彼女がどういうつもりでそういったのかは定かには分からなかった。やっと母親を見つけても、彼女の人生の歪みは何も解決していない。母親への憎悪に、そしてその母親を許せない自分自身に押し潰される毎日が続いている。でも、堀込康子と智久は、これで新しい区切りを生き始めたに違いない。

――ラミダス。とある親子のことだけど、その人生を救っているのかもしれないのよ、あなた。

一人、私は呟いた。

母と息子が対面したという連絡を受けたのは、それから数日後のことだった。

二十

第二バージョンのラミダスは相変わらずいい音色を奏でている。低いけれど、それでいて力感の余っていない、渋い駆動音。小川の水が静かに流れるような、ゆったりした調べだ。

愛弟子が師匠に新しい姿を見せるのは音だけではない。鉄道会社職員と警察官を使った量的トライアルの後も、第二バージョンには昼夜の別なく徹底したテストが続けられた。如何《いか》に完全に一人の人間を追い続けることができるかの、いってみれば最終試験を課していた。

ヒトの個体識別において誤判定や失敗事例を生まないか。その追求のきっかけは意外なところから生じていた。

ラミダスは水墨画家見習い殺害の犯人、岡田さえ子を動画から同定するとき、ちょっとしたミスを犯したのだ。改札機付近のカメラを使うと、ICカードの改札機通過記録とカメラの動画を組み合わせることで、ラミダスが漏れなく人物を抽出しているかどうかの検証ができる。板橋の遺棄事件までのすべての「実戦」とトライアルチェックでは、ラミダスは一例残らず、動画から該当する人物を見つけ出していた。百発百中の完成度だ。

ところが、七十三歳になって表沙汰になった岡田さえ子に関しては、改札で明確に撮影された映像からラミダスがロストしたケース、つまりは見つけるのに失敗した場面が二回生じていたのだ。この犯人の場合、チェックに使える動画のケースは合計六百八十一例と数えられたので、そのうちの二回は〇・二九パーセントだ。

私はミスが許せなかった。大海に髪一本落ちている様を見過ごせなかった。たった〇・二九という数字が、ラミダスと自分の間に亀裂となって走る。怒りにも近かった。

ラミダスに呼びかけた。

――たとえ十万回に一度でも、ミスは気に入らない。あなたは完璧でなければいけないの。

本当に許せない相手は、こんなわずかなことでラミダスにひどくイライラする自分自身なのかもしれなかった。まだラミダスが緻密に動作しなかった頃は、もっと優しく接していたのに。

当座の検証結果について、急ぎ吉岡さんと打ち合わせをすることにした。駅に近いスターバックスを待ち合わせ場所にした。

向かい合って座る。香りがないせいで、味も感じられないコーヒーをすすりながら、吉岡さんが口を開く。

「ほんでもって、岡田さえ子で起きたんことは、何や?」

「被写体の老化ですね。岡田さえ子がお婆ちゃんになっていたということですよ」

犯行前に動画に撮られた時は四十六歳。逮捕時は七十三歳。ラミダスがしくじったのは、四十代が七十代に加齢する、ざっと三十年間のヒトの変化を読めないことだった。

たとえば、幼児から大人への歩容の変化はとても大きくて、それ自体は研究の面白いところなのだけれど、具体的な警察案件ではあまり問題になる年齢ではない。けれど、二次性徴期の次に歩容が変わりやすいのは、還暦を跨いで老齢に至る経過だった。高齢者へ向けて歳を重ねるうちに、ヒトの関節は若い頃のように柔軟に動かなくなる。可動域が狭まり、筋力が衰える。道で人の歩きを見ていても分かりやすいのは、高齢者では歩幅が狭くなってしまうことや、左右の足が同時に接地している瞬間が長くなってしまうことだ。前へ歩こうとするときに、若者のようには腿や脛を前方へ大きく投げ出すことができなくなり、また片足を長い時間宙に浮かせていられなくなる。

加齢とともに歩幅が狭くなることは私も大いに気になっていた。実際ラミダスには、歩幅に関する数値からは過度に厳格に人物を判定させず、ヒトの個体差を考慮して緩やかに個人を絞っていく工夫も仕込んであった。けれど、意外だったのは、加齢で歩幅が狭くなるとともに、接地して体重がかかったときの踵の曲がり具合も小さくなっていることだった。それもかなり大きな変化量だった。またしても、あのST関節の仕業だった。

「高齢者は歩幅が狭くなるとともに、踵の関節が柔軟性を失っていきますよ。これは、七十五歳手前の犯人の『固くなった踵』に、騙されたことになりますね」

吉岡さんが顎を指で捏ねた。カウンターに立つエプロン姿の男の子が、偶然私の顔を見て驚いている。

「見失ったのは、動画中の判定採用シーン全体の〇・二九パーセントです……」

「まあ、きっとほんのちょっとのミスやろうけど」と、吉岡さんは親指と人差し指の先端で店の薄い紙ナプキンをつまんで、目の前に見せた。「俺たちの時代はな、足取りは地道に追ってきたもんや。そりゃあ、あの機械にくらべりゃあ、大したこたぁねえけど。でも、間違いはな、いかん。俺たちの間違いは、人間の一生を左右するんや」

仕事に生涯を捧げてきた刑事の言葉だった。私は素直に頭を下げた。

ホットコーヒーを一杯ご馳走してもらった。「お嬢さんな、一緒の時間を、ありがとうなぁ」といって吉岡さんは背中を見せた。

警察の犯人検挙の成績などに、初めから関心はない。でも、ラミダスと心をひとつにしてきた私は、わずかな同定ミスが許せなかった。

それから二週間ほどかけて、私はヒトが加齢とともに起こす微妙な歩容の変化を演算内に加味した。何度目になるのか、プログラムの改良箇所はまたもやST関節の見立ての部分だった。ST関節の照合をあえて曖昧にすることで、加齢変化に惑わされないように改良したのだ。多くの場合、ST関節そのものは靴の中に隠されている。けれど、個人の歩き方の重要な特徴を、この関節が抱えていることを思い知らされた。

吉岡さんの重い言葉を噛みしめた。

――こういうのを苦労と呼んだら、吉岡さんに笑われるね。

実際思い返せば、開発過程には「苦労」が絶えなかった。最初は歩行者の服に簡単にごまかされた。上半身の変形が見えにくい冬場のコート、股関節や膝や脛の動きが分かりにくいロングスカート、歩幅の割に体幹が大きく動いて見える夏の浴衣……。失敗にぶつかるたびに、歩行をシルエット化し回転するプログラムを書き換えた。当初のプログラムは、一度シルエットができればもう元の歩容をチェックすることはなかったのだけれど、誤りを減らすために繰り返しオリジナルの比較対象映像に随時当たるように、フローチャートを変更した。どれも必須の改修だった。

そして今回は、ST関節の「曖昧照合」をプログラムに組み込むことに成功した。今後ラミダスはＳＴ関節を柔軟かつ的確に識別し、老化にも騙されない。解析が円滑に動作するのを確かめて、息をついた。

――下駄を履いた男を見つけられなかった頃が懐かしいね。

いまや、苦心の末に、ラミダスは加齢にも疾患にも服装にも、もう騙されることはなくなった。何者をも見誤らない個人抽出ができるように徹底して改良されたラミダスはたくましくなり、完璧に近づいていた。

――ラミダス。パフォーマンスが上がったところで、どうせなら、悪い奴の歩きより心のこもった映像を見たいわよね。

そう語りかけると、また香田からの依頼を後回しにして、演算能力のすべてをＣシリーズの照合に傾けることにした。命令を入力していく。

するとすぐに、ラミダスはＣ０６の照合結果を得たことを表示してきた。タグビラランの両替所前の歩容との照合だ。ターゲットは、高校生の男の子が探す、フィリピンで消えた父親だ。

結果の一覧を見た。短時間で多数の映像が検出されているようだった。これなら、息子をこの男に会わせてやれるかもしれない。見つけた素材を再生していく。最初の映像は夜のターミナル駅を出る背の高い男のものだった。マスクが邪魔で顔は分からない。

カメラ番号　山手線池袋駅中央２改札02
日時　２０２１年11月12日23時01分
「一致：歩容Ｃ０６‐０１内の検索人物と一致します。誤判定の危険性０パーセント。近傍のカメラからの警告は、集約して省略します」

いつもの通り、自信満々のラミダスだった。池袋駅ならきっとほかのカメラにもこの男が映っているのだろう。第二バージョンのラミダスは、私が迅速に確認できるように、同駅同日時の映像群からなるべく解析しやすく映っているカメラを優先的に抽出する指示を受けている。

私は納得して二個目のファイルに移った。動画が動く。

——ラミダス、これは……？

背中を冷たい氷が跳ねた。あまりに見慣れたカメラアングルだった。

——えっ？　ちょっと、待って。

目に映る動画の景色は、駅やカメラが同一なだけではない。以前見たのとまったく同じ映像が検出されているのだ。反射的に素材の付帯データに目をやった。

カメラ番号　山手線大塚駅新改札総合03

日時　２０１９年5月31日07時09分

——こ、これって……？

戸惑った。突然の警報音に、椅子から飛び上がりそうになる。メッセージを確認した。

「一致：歩容Ｃ０６－０１内の検索人物と一致します。誤判定の危険性０パーセント。ほかのファイルからも検索しますか？」

慌てた。

——え、いま何を見ているの？　私……。

もう一度、検索対象映像を確認する。

「検索対象：Ｃ０６－０１」

叫んでいた。

――ラミダス、あなた、一体、な、何を見つけたの？

画面上に現れた赤矢印が、大塚駅の改札口へ向かう男に張り付いた。男は脇に書類鞄を抱えている。

「コウタ……」

二十一

高崎駅からバスに乗って二十五分。市街地を外れて所々かぼちゃの畑が見えるのんびりした場所だった。

笹本さんと私は、群馬県にある養護施設を訪ねていた。笹本さんの服装にちょっと驚いた。

「いつものスーツは？」と尋ねると、彼女が笑った。

「ベージュが好きでしてね。三着持っているんですよ。でも今日は、これです」と、グレーのサマーニットのふんわりした袖を引っ張って見せた。デニムのスカートがよく似合う。ただ若く見えるというより、可愛いと感じた。自分にもこういうセンスがあればなと、羨《うらや》ましく思う。

「私、親がいませんでしたから、親戚の家で育ちました。母の姉の家です。男でも女でもスーツ姿の人が来ると、いさかいが始まりました。だから今日は施設の子たちを不安にさせないように、スーツは避けました」と笑う。

伯母さんの家にフォーマルな恰好の来客が現れると、悪い話ばかりが生じた記憶があるというのだ。きちんとした身なりでやってくる大人は、自分にまつわる揉め事や軋轢《あつれき》ばかりを持ち込んだのだろう。子供の方は、その空気を敏感に受け止める。フォーマルな服は、親のいない子供にとっては新たな苦難の始まりを感じさせるものだったに違いない。

天井、壁、床、窓の順に目線を送る。私もちょうどこういう所で育った。養護施設は決まって明るい。扉の大きさ一杯に広がる大きなガラス。汚れが目立っても構わないと確信犯的に塗られる薄い暖色系の壁。とにかく多めの蛍光灯。そこで日々呼吸される淀んだ空気とは正反対に、物理的光量が底抜けに多くなるよう設計される人為空間。愛情への飢えは照明と色彩では絶対に満たされないにもかかわらず、内装の技術や流行が変わっても本質はいまも同じらしい。自分の生い立ちは誰にも話していなかったけれど、何度か「すごく明るいところで育ちました」と自己紹介したことがあったのを思い出す。

「今日は上の方に靄がかかっていますけど、晴れているとこの窓から赤城山が見渡せるんですよ」と中年の女性職員がいった。灰色の空をバックに、低い所だけ山の輪郭線が見えた。

談話室のような場所だ。遅れて、高校生らしい子が現れた。ジーンズに暗褐色《あんかっしょく》のVネックのシャツを身につけている。「神崎君《かんざき》」と職員が座るように促した。

「神崎真人《まさと》君ね。これまで話を聞かせてくれてありがとう。実際に会うのは初めてだから、初めまして、ですね。こちら、一緒に仕事をしている能勢さんです」と笹本さんがいった。

「以前大怪我をして、こんな顔でごめんなさいね」といいながら、私は顔を隠すためだけに着けていたマスクを外した。男の子の表情が少しだけ歪んだ。職員は、さっと顔色を変えたまま元に戻せなくなっていた。

男の子は「どぉも」とだけいうと、ちょこんと椅子にかけた。高校二年生にしては背が低いだろうか。にきびが顔じゅうに浮き出ていて、短い髪の毛を一生懸命左右に分けている。鳩尾《みぞおち》に組んだ指を盛んにいじりまわした。

女性職員と名刺を交換した。「保育士・自立援助プランナー」とある。

「神崎君が自分で考えて、そちらに連絡を入れたようです。高校生になると本人に任せることが多くなるのですが、最初は同席します」と、彼女は頭を下げた。

笹本さんは、手紙で父親探しの件を彼から受け取っていた。前に笹本さんからそういう人がいると聞いていたが、真人も最初は最寄りの高崎駅の遺失物係に連絡してきたということだった。笹本さんは施設の職員を介して真人と電話やメールで何度か話し、C06のファイルを作り上げたそうだ。一度ウェブ会議システムで面談し、画面越しに顔合わせはしたらしい。

私は、何としてもこの依頼者に会わなければならなかった。この子の父親はコウタだ。消し去らねばならない男の、肉親なのだ。

堀込康子のときのように笹本さんにお願いすると、同行を承諾してくれた。演じる役柄はまたしても鉄道会社のアシスタントだ。片や笹本さんは出張を認めてもらうのに難儀したらしい。相変わらず、職場で堂々と人探しをするのはなかなか難しそうだ。

「あのさ、まだ何か分かったり、しないんかな?」と真人が口を開く。

保育士が不安げに彼の横顔を窺った。笹本さんが応じた。

「ええ、探し始めましたが、まだ手がかりが見つかった訳ではありません」

高校生の真人の周りを大人の女三人が取り囲んでいた。亡くなった母親が遺した話を中心に、父親に結びつきそうな情報を笹本さんが尋ねたけれど、真人から得られる話に具体性は乏しかった。依頼者である息子すら何の接点も持ち合わせない親をどうやって探すかなど、当人に会って話したところで、気の利いた知恵が生まれるはずもなかった。

コウタを知るのは、私とラミダスだけだ。焼き殺さなければならない男。根こそぎ滅失させなければならない男。いまでもこの鼻の周囲に息づく男。あの臭いが私の記憶から消えることはあり得なかったが、コウタが私に残した刻印を今はまだ他人に明かす訳にはいかない、たとえ当人の子供であっても。

ラミダスが真実を見つけてしまってから、この依頼者に何を話すのかと自分に問うてきた。

『お前の親は人殺しで、私の母を殺したのだ。幼い私を面白半分に犯し、いまも私の体の中に魔物として棲みついている。だからいまから、殺すのだ。焼くのだ。焼いて殺して私の好きなように終わらせるのだ』と、伝えるのか。

私の自問をよそに、笹本さんからは優しい問いかけが続いた。おもには生前の母親についての記憶を引き出そうとしていた。それが直接に父親探しに結びつかないとしても、笹本さんとしては知りたいのだ。しかし、真人の口数が少なく、寂しいやり取りが湧いては消えた。

「父親を探すっていうけれど、それは会ってみたいからなの？」

私は思わず口を開いていた。

笹本さんが驚いた眼を私に向けた。

静かに聞いていた保育士の視線が、きつく私を射た。まだ見ぬ父親に会いたいから、真人は精一杯の思いで行動を起こしたに決まっているではないかと。

けれども、何事もなかったかのように真人は私を見た。

「おばさんね、……お姉さんかな？」

そして、私には違和感のない言葉を放った。

「親父がどんな馬鹿なやつか、見てみたいんだ、俺」

「神崎君っ」と保育士が制したけれど、真人は動じなかった。私と笹本さんを順番に見て、いった。

「おふくろも自分勝手で馬鹿だと思うけど、親父はきっともっと馬鹿さ。遊びで女とやって、有りもしない名前名乗ってフィリピンにいる奴なんて、屑に違いないよ」

「神崎君、そういう言葉遣いはやめなさいっ」

そういった保育士を真人が睨んだ。

「やめないよ、俺。子供の前に現れもしない男、名前すら子供に明かせない男なんて、ろくな人間じゃないよ。施設で無理矢理教えている『会ったことのない親は、どこかできっと正しい人間として生きている』とかいうの、大嫌いなんだ。おかしいよ。そんなの嘘だよ。これ、他人の問題じゃなくて、俺一人の問題なんだ。だから、放っといてくれ。馬鹿男の顔を見て、骨が砕けるくらいに殴ってやりたいんだ、『久しぶり。元気だった？』なんて一言もいわずにね」

笹本さんが口を開きかけて止まった。指先でデニムのスカートを握り締めるのが見えた。保育士は瞳に涙を浮かべているようだった。

真人の眼が湛えるのはただ、親への恨み、だけだ。父親へのやり場のない怒り、そして、母親へのやるせない悔しさ。それが心の内を占めていて、真人の「独りぼっちの人探し」を取り巻いている。

私はいった。

「私もね、父親はいないんです。一度も会ったことがありません」

笹本さんと保育士がこちらを見た。真人の口が震えた。

「私は、会いたいと思ったこと、ないな」

真人が声を出した。

「おばさんも屑みたいな親父をもったんか？」

小声でごめんなさいと、保育士が口にした。

「神崎君ね、私は、見たことのない親がみな正しい人間だなどと思っていません」

私はきっぱりといった。

真人の目が宙を漂って固まった。

「こういう施設では、具体例は棚上げにして、『親を大切に』と教える場合があると思うのよ。でも、普通、親は馬鹿者よ」

石のように凝固していた真人の目が、さっと和らぐのが分かった。私は続けた。

「高校生だから分かるわね。何かの事情があって、隠れるようにフィリピンにいた。そんな男に事情があるっていっても、人前で話せるようなことではないはずよ。男は、自分に子供が生まれたことすら知らないでしょうね。女を抱いて捨てて、その後も勝手に生きた。きっと犯罪くらい、しでかしているんじゃないかな。そしていまだに姿をくらましている」

傾いた西日を受けて、部屋の壁が橙色に染まっていた。

「神崎君、それでも、やっぱり会ってみたいの？　父親に？」

真人は肯定も否定もしなかった。少しの静寂の後、口を開いた。

「ケリをつけたいんだ。自分にも父親がいたということにさ。その事実と決別したいんだ、俺」

十六歳の言葉でも、そこには真実があった。いや、あるのは真実だけだった。

私は、笹本さんに視線を送った。下を向いて掌を握り締めたままだ。頰が強張っているのがはっきり分かった……。


玄関で二人に別れを告げ、建物を出た。

「私、真人君と、その、……しっかりと話すことができませんでした」と笹本さんがいう。「男の子だからああいう言葉になるけれど、倍も生きている私も、真人君と同じような未熟さでしか、母を見ることができていません」

ボールが私の足元に転がってきた。施設の小さな庭で遊ぶ子供たちだ。ひょいと拾って投げ返すと、追ってきた子が二人、頭を下げて去っていく。

笹本さんが立ち止まった。

「能勢さんは、こういうところで育ったのですか？」

反応しない私としばしの静寂が、肯定の答えとなって笹本さんに届いたようだ。

「……今日はありがとうございました。大切な依頼を受けたのに、私には適切な言葉が出なくて、助けて頂きました」

私は首を横に振った。

「以前、能勢さんには私と同じ人間の香りがするといったことがあります」

「ええ、覚えていますよ。私も、自分が笹本さんと似ていると思うときがあります」

「実際、子供の頃の境遇が重なることを、さっき知りました。でも、今日の能勢さんの真人君への姿勢を見ていて、思ったんです。能勢さんは私よりずっと強い人間なのだと」

敷地を後にした。施設を振り返る。明るさを演出した屋内に比べ、何の特徴もないコンクリートの塊だった。少しの間、銀杏の街路樹が続く。葉の間から初夏の午後の日差しが射し込んでいた。

「親と子は、恨みなんて克服しなければいけないと考えていますが、いまの私にはその自信がありません。……能勢さんがラミダスと二人三脚で探してきた相手は、もしかすると、私同様に、能勢さんが憎しみを深めている人物なのかなという気がしています。そうでなければ、たった一人でラミダスを生み出すようなことはないと思います。怨念と憎悪ほど、人を動かすものはありません。勝手な憶測でとても失礼だと思いますが」

「当たっていますよ、大体その通りです」と私は笑った。「ただ、親を探したのではありません」

「そうでしたか……。でも、能勢さんの強さがあれば、見つけた相手への恨みをどう乗り越えていくのだろうかと、今日は考えていました」

言葉がなかった。なぜなら、私は強い人間などではない。

「笹本さんは、お父様は？」

「父親のことは何も分からないのです。母には、もし会うとしたら、まず、父がどういう人だったのか話を聞けないかと……。でもきっと無理です。うちは、シングルマザー。大馬鹿者のシングルマザー。神崎君とまったく同じ言葉遣いですけど」

土埃を舞い上げて軽トラックが私たちを追い抜いた。

「能勢さん、ご両親とは？」

考えている間に、沈黙が過ぎ去った。

「ごめんなさい。似た境遇みたいなので、失礼なことを伺いました」と笹本さんがいう。

「大丈夫ですよ。私は、神崎君と似たり寄ったり。父親は『みたい』じゃなくて、屑でした。母は、……幼いときに亡くしました」

笹本さんが足を止めた。そして、私を見ていった。

「この後、もし時間があれば、お付き合いいただけませんか？　私、寄りたい所がありまして。母とゆかりのある場所がここからさほど遠くない所にあるんです」

二十二

私たちは高崎駅から東京方面行きの普通電車に乗った。二十分と少し揺られると、その駅に着いた。

「お・か・べ」

駅名を声に出してしまった。埼玉県らしいけれど、知らない駅だった。

「高崎で新幹線に乗っていれば、もう大宮に着いていますね」

腕時計に目をやりながら、笹本さんが表情を崩した。駅では、お年寄りと高校生が三人降りただけだ。皆そのまま、跨線橋を昇ると右へ折れて改札口へ向かっていく。私もそのあとをついて行こうとしたら「こっち、こっちです」と笹本さんに左方向に促された。

「どこへ行くのですか？」と尋ねようとしてやめた。跨線橋の先には、下り線のホーム以外は何もない。黙って後ろをついていく。貨物列車が停まっている3と書かれたホームに降り立つ。線路を隔てるフェンスの向こうに、新しそうな戸建ての住宅がぽつぽつと見えた。家の無いところには畑が広がっている。

笹本さんは、先の椅子に座って手招きをしている。

「どうぞ、ここ、座ってください」

傾いた日差しを背に腰掛けて、笹本さんを見る。

「私が捨てられたのは、その椅子です」

「……」

日本中どこでも定形のプラスチックの椅子ばかりなのに、自分が座っているのはあまり見かけない形の椅子だった。

「その頃からこの駅の椅子はちょっと変わっていて、この通り、木を組んだものでした。幼い私はここによじ登るように座って。足はぜんぜん地面に届きませんでした」

私はまじまじと椅子を見つめた。厚めの板で組み立てられて、黒に近い濃いグレーの塗料が塗られている。板材の角は丸く仕上げてあるけれど、長く使い込まれて細かい傷みが浮き出ていた。

「ちょっと驚きました」そういいながら私は尋ねた。「笹本さんはこの町の出身でしたか?」

「ええ。ここは町というほど賑やかではありません。見栄を張って渋沢栄一生誕の地だという人がいますが、本当は、それは隣町の話です」と微笑む。「岡部の様子はあまり記憶にないですけれど、駅と、そしてこの椅子だけは、三歳でしたけどしっかりと覚えているんです。私の人生の分かれ目みたいなものですから」

その日、彼女が今いる椅子に母親が座り、私の椅子に彼女が座っていたそうだ。

「ほら、あそこ。畑の手前」と、彼女が唐突に指差した。

指の先には、お洒落な丸天井がデザインされた公衆トイレが見える。

「いまはあんなものが建っていますが、昔はあそこに小さな本屋さんがありました。本屋さんといってもお煎餅もストッキングもコーラも売っている、田舎の便利な何でも屋さんです。あの日母はここに並んで座ってから、『絵本を買ってきてあげる』と私にいいました。嬉しくて、椅子に座って楽しみに待つことにしました。そこの階段を上がっていく母の背中が見えました」

彼女の目が雲の浮いた空を見上げた。

「それが、母を見た最後になりました」

ブレーキを緩める空気音がして、背後の貨物列車が出発していく。

「母が高崎に行くといって、何度か連れて行かれたことがあります。その日も行き先は高崎だと思っていました。電車に乗る前にわざわざ駅の反対側まで買い物に行くのが変だなんて、そのときはこれっぽっちも思いませんでした。絵本を手にした母が、あの階段から降りてくるとばかり信じて……。でも、いくら待っても母は戻ってこないし、そもそも本屋さんに母が入るのも見ませんでした。きっと階段を昇って反対側のホームに降り、上野の方へ行く列車に乗ったのだと思います」

黙って話を聞きながら、私は跨線橋の階段を見つめた。何の変哲もないこのホームの光景が、彼女の人生を当たり前の幸せから隔てたのだ。

彼女がフェンスの向こうに目をやった。

「子供を置き去りにするのに、大人の事情なんてあり得ませんよね」

いつもは和やかな笹本さんの口調が、冷たく尖った。

「それから、ここに何度もやって来ました。初めて来たのは、小学校五年のとき。その頃私は育ててくれていた親戚のお母さんに母のことをしつこく訊いていて、それならということで連れてきてもらったんです。それ以降、貯《た》めたお小遣いで切符を買って、ここへ。親戚の家であまりうまくいかなくなったこともあり、ここに来れば、母がいるような気がしたからです。本当に幼かったころに『目ぇ覚めた?』って、毎朝微笑んで声をかけてきた母が……、あのいつもの母が、あの階段を降りて私を迎えに来てくれる……。そんな思いで、ここへ来ました。実際、ここへ来れば、不思議と母の声が聞こえました」

胸を衝かれた。笹本さんの話を聞いて、私の胸には「お帰り。お腹空いてないかい?」という母の言葉が蘇った。

視線を虚空に投げたまま、彼女がいった。

「でも、あるときから、母はけっして戻ってこないと悟るようになりました。そして、いつからか、母を憎むようになりました。高校生のときだったでしょうか」

私はマスクを取った。ひしゃげた鼻に触れる。私が鼻を潰したのと、彼女が母親に憎しみをもつようになったのは、きっと同じくらいの年齢だろう。

彼女は預けられた親戚の家での辛かった記憶を話した。その悲しみのすべてが、自分を捨てた母親に向かっていったのだという。いつしか母との間に求めていた愛情が憎悪に置き換わり、母親へ心の冷たい刃を向けていることに気づいたそうだ。そしてその憎しみは母のみならず自分に向かうようになり、四六時中自分を苛《さいな》むようになっていったという。

「母への恨みばかりが募るようになりました。そして自分さえも否定するようになりました。逃げ道を見つけようとしましたが、怨みと嫌悪の持っていき場所に困るようになりました」

電車を待つ人がちらほらと現れて、目の前を通り過ぎていく。

「そのうち、母を傷つけようという気持ちすら、心のどこかを占めるようになって……」

彼女は立ち上がると、「ここ、見てください」といままで座っていた椅子の背もたれを指差した。

上からペンキが塗布してあるものの、そこには大きなバツ印の傷跡が三つあった。

「これ、わざわざここまで彫刻刀を持ってきて、私が残した傷です。これで母を傷つけた気になって、心を落ち着かせていました」

私は啞然として古い傷跡を眺めた。彫られた傷は長くて深かった。椅子には、その後何度もペンキが塗り重ねられたに違いない。けれど、ただのいたずら書きとは込められた力が違うのが、いまでも分かる。

「こんなことをしたの、もう二十年以上も前です。大学に入って親戚の家を出た後も、ここへ来たことがあります」

腰を上げてしゃがみながら、彼女は椅子の傷を指先でなぞった。

「悪いことをしたと思います。こんな、幼いことをしていたのですね」

電車が来るというアナウンスがホームに流れた。沈鬱が、俯く彼女を取り囲んでいる。

「長い時間を過ぎたのに、いまでも母に危害を加えるような場面が、夢に出てきます」

風を切る音とともに電車が入ってきた。扉が開く音。降りてくる客の声。高校生らしいざわめき。中年女性のお喋り。走って飛び乗る人の靴音。発車サイン音。何事もなかったように電車はホームから去っていった。

彼女がまた腰掛けた。私はいった。

「でも、会いたかったのでしょう？　お母様に。それは恨みとか、それこそ殺意とは違うんじゃないですか。笹本さんにとってお母様は大切な存在なのですよ、ずっとずっと、いまも。私はそう思います。だからこそ、苦心して探したんじゃないですか？」

彼女は前を見たまま口を開いた。

「人を探すって、不思議なことですね。能勢さん」

「ええ」と返事をしながら、記憶の片隅から母の笑顔を見つけ出そうとしていた。「たとえ不幸な別れでも、お母様を思い出す時間は大切だと思います」

彼女が笑みを返した。

「すみませんでした、お付き合いさせてしまって。お母様を亡くされたと聞いたので、私の話を聞いてほしくなりました。勝手な感傷で、申し訳なかったです」

「いいえ。亡くしてはいますけれど、たまには私も母に会いに行こうかなと思いました」

彼女が頷いた。

「それがいいですよ。きっと心のどこかで糸が繋がってはいませんか？　お母様と」

私は黙ったままだった。あの冬のアパートの一室で、私と母の糸は切れていた。記憶のキャンバスによみがえる母の笑顔は、コウタの臭いが掻き消していく。

私は椅子から立ち上がった。

「大切なことを話してくれてありがとうございました」と礼を伝える。「またお話ししてください。お母様のこと。私でよかったら」

私たち二人で母親を想う時間が流れていく。人気《ひとけ》のないホームに日が長く伸びている。

二十三

ネットで買った折り畳みの卓上ミラーを覗き込む。モスグリーンの枠の付いた掌サイズの四角い鏡だ。ひしゃげた鼻を見るなら、このくらいで十分だろう。短い髪にブラシを通した。今度毛先を跳ね上げてみようかと思い始めた。

コックピットに座った。将棋の名人がコンピューターに負けたというのがワイドショーの最初のネタになっている。すごく残念で機械文明が怖いと、元プロ野球選手のタレントがコメントする。コンピューターは計算量で戦う訳だから、人間が敵う相手ではもはやない。重量挙げの選手が工事現場のクレーン車に勝てないのと同じで、棋士が負けるのは当たり前のことだと涼しく突き放すのは、流暢な日本語を話すアメリカ人大学教授だ。

——将棋で強さを誇るソフトって、意味ないわよね。

ゲスト出演している女流棋士が、対局中にトイレに行く振りをして次の手を検索しているのが疑われた事件というのを解説している。

——人工知能は、人間を思いやるようになったときが面白いのよ。その日の相手の棋士の気持ちを斟酌《しんしゃく》して、いい線行ってからわざと負けるソフトの方が、強いだけの名人ソフトより、ずっとお友達になりたい相手ね。

猿人のフィギュアを目の隅に入れる。

——ラミダス、完璧なあなたって、どういう姿なんでしょうね？

完璧。ラミダスに心があるのなら、それは作ってきた私自身の心でしかない。不完全な私がつくる、完璧な心……。

——あり得ない、か。

ワイドショーの話題が変わって、我に返った。

ラミダスのプログラムを何か所か書き換えて、試験的に走らせていく。個々のプログラムがいくつかのブロックに独立していてきれいに整頓されているのが美しい。いま、その自慢のプログラムに、ふたつのまったく新しい中身を付け加えた。

ひとつめは大井町三女性殺人事件の犯人についてだった。事件当夜の西大井駅と大井町駅の改札口は同じ人間が通過している。でも、その人物はそれ以外の動画に存在してはならなかった。他の動画から同一人物として抽出できないように、プログラムに手を加えた。あとはいつもの発見不可能エラーコード11903を表示して、該当する人物がこの世に歩いていないという設定を創作した。

もうひとつは、C06のタグビラランの街の映像が、他のコウタの映像と一致すると判断されないように、短いプログラムを挿入した。私と母の事件の犯人が小岩駅のカメラに捉えられていたことを知っているのは私一人だから、事件そのものがいまさら警察から歩容解析の調査対象になる可能性はなかった。でも、新たに発掘されたC06の映像素材からは、照合によるいかなる一致例も生じてはならなかった。細工を施して、C06映像からの照合結果をデジタルの闇に葬る必要があった。

薄ら笑いを宙に投げた。

――実際に殺されるより前にまずデジタル空間から消される人物なんて、珍しいかも。

システムを作り育てる仕事をしながら、どうすればコンピューターと人間をうまく調和させることができるのか、考える場面は少なくなかった。自分なりの結論は、いくらシステムの性能がよくても駄目だということだった。

――人間は弱いのよ、そもそも。

多くの人間が事実だけに即して生きることはできない。だから、宗教ももてばヒューマニズムにも逃げる。ＡＩも人間の弱さに付き合わせなくてはならない。

フィギュアを見つめる。

――「嘘」、ね、きっと。完璧なシステムは、人間の都合通りに、人間に合わせて、快適な「嘘」をついてくれるものよ。

画面の動きを凝視した。狙い通り、ラミダスは、大井町駅と西大井駅の映像、それにタグビラランの街の映像からは、けっして〝一致〟の結果を出さなくなった。客観的事実と異なる表示を返すことを、ラミダスが初めてやってのけた瞬間だ。いずれ誰かがこのプログラムをつぶさに見たとき、ラミダスに妙な細工があることに気づくだろう。そしてそれが私のどんな動機に基づくものであるかを知るのに、多くの時間は費やさないはずだ。でも、それは私の仕事がすべて終わった後の事だ。

――私が喜ぶ嘘を、ついて頂戴ね。これからは。

「不一致：これらのファイルに類似する歩容はありません：エラーコード１１９０３」

嘘を表示するプログラムが滞りなく設定されたことが画面に出る。

――うらん、いいのよ。それで十分。

システムの確認を終えた。これ以後、ラミダスはこのふたつの点については見て見ぬ振りをし続ける。

――また話すわね、ラミダス。

二日後、吉岡さんと香田を中村橋に迎えた。二人の前で、「大井町の容疑者が見つからないのですよ。どうしても」と切り出した。

西大井駅と大井町駅の改札カメラに映った犯人の動画を、ラミダスに検索させる。発見不可能のエラーしか出ない。

「僕には見つかりそうに思われたんですが、難しいんですね」と香田が残念がる。

「ラミダスに、もう見落としはありません」そうピシャリと告げるとともに、少しだけ遠慮を取り繕いながら続けた。「大井町の犯人は、もうこの世にいないと考えるのがいちばん妥当かと思うんです」

刑事たちの反応を見る。否定する意見はなかった。ラミダスの信頼性はもう人間に疑われる水準になかった。

「能勢さん。この事件は、西大井と大井町で撮影された男以外を容疑者、犯人だと想定することはできないんです。被害者の交友関係からは、何も出てきませんでした。手配写真にもまったく情報なしです。だから、ラミダスが見つけてくれないと、未解決のまま終わってしまう。僕はそれが悔しくて」

そう話す香田は顔を紙屑のようにくちゃくちゃにして、悔しさからいまにも暴れ出しそうに震えていた。意図をもって話を誘導するのに、彼の正義感は都合よかった。

「性犯罪って、再犯が多いって聞きますけど」と私は話題を逸らした。

香田が喰いつく。

「うちのセンターのプロファイリング研究だと、性犯罪と薬物がもっとも犯罪者を類型化しやすくて、実際、再犯に陥りやすいです」

「そやな。間違いないわな。プロ何とかぁがなくても、その手の連中はな、雰囲気から決まっとるんや」と吉岡さんが応じた。

「すでに似た犯罪で捕まっている人の歩容を撮って照合することなら、技術的には問題ありませんが」と話す。性犯罪者に疑いの目が向けられて当座の捜査が行き詰まれば、私の思う壺だ。もちろん、ラミダスの歩容解析なら冤罪は絶対に生じない。

「あとは……、探しているのはあくまでも関東圏の動画ですから、将来日本中の映像が使えるようになれば、有望な情報が入るかもしれません」

的外れな話をして、刑事二人をしばらく真犯人の存在から遠ざけられれば、それでよかった。

会話が止まった。私は満足していた。大井町の事件の犯人が捜査対象範囲に近づかなければ、それでいい。

ラミダスは律義にエラーコード11903を画面に出し続けている。

――いいわ。素敵な仕事ぶりよ。あの男はコウタを葬り去るための便利なツール。ここでそれを失う訳にはいかないのよ。

落胆しながらも香田がディスクを差し出し、新たに二件の照合を頼んできた。

「またまた、古いもんやけど」と吉岡さんがいう。

薄く笑みを拵えながら、引き受ける。二人が期待するようにラミダスで容疑者を見つけ出すことも、遠からず終わりだ。

二十四

「このグァテマラ、香りいいと思うんです……」

「ええ、さっきから、コクのある甘い匂いが部屋に満ちていますよ」と、四方を見回しながら笹本さんがいった。

中村橋に笹本さんと石倉を迎えて一仕事終え、コーヒーを出す時間になっていた。石倉は初めて見るコックピットに興味津々だった。

「これ、かっこいいっすよねぇ。まさに、コックピット。こういうの憧れちゃうっす」

石倉がディスプレイとワークステーションを舐めるように見回している。ラミダスがSIUの動画にアクセスしている様子や、歩容を扱うプログラムがどういう構成と流れをもっているかを、簡潔に説明してあげた。ついでに、天井のカメラ映像からいまの石倉の歩容をインプットして、SIUのデータと照合するデモンストレーションも見せてあげた。

「この、人の形をシルエットにして回転させるやつぅ。脳にズキーンと来ちゃう。こういうプログラム、作りたいなぁ」

「本当に難しいのは、プログラムそのものよりも人体の個人差を評価する物差しよ」

「評価っすか？　難しそうで、分かんないかもぉ」

歩容解析での人体の評価には塩梅が肝心で、エラーとトライを繰り返して上手になっていくものだと話す。石倉のラミダスへの関心は尋常ではないと見た。フローチャートやプログラムだけでなくハードウェアの構成にも興味があるらしく、しつこく尋ねてきた。幼稚な喋りと天性にも近いシステムへの執着の間にギャップがあって、面白かった。

笹本さんがいう。

「この子、研究室の指導教授によほど気に入られたのか、文化施設などで稼働中のシステムの現場にけっこう連れていってもらっていたそうです。システムの実務については相当有能で、放っておいてもなんでもできるので、機械音痴の私なんかとっても助かります。でも、いま流の若者なんでしょうけど、人間性がどこか欠けているみたいで……」

傍らで画面に出る関節角度の検出設定に没入しかけていた石倉が、激しくかぶりを振った。人間性という言葉のかしこまり具合が可笑しかった。

「……コンピューターを仕事にする人は、みんなそんなものですかね？」と笹本さんが笑う。

「いえ、逆、かもしれません」と私は真顔で答えた。

「逆？」

「SEなんかは、自分の作ったシステムを自分の家族や子供のように思ってしまうことがよくありますよ」

「家族や子供？」

「ええ。つまりは、人間性を欠いているというより、SEとか技術者の方から、機械と融合するように近づこうとする感覚が生じるんですよ。自分が機械の一部になってしまおうとするんでしょうね。その結果、機械とはうまくやるんですけれど、生身の人間と対話するときには、価値観のピントがずれたりするんだと思いますよ」

なるほどと笹本さんがいう。石倉は何度も頷く。

私は今日の仕事を振り返ることにした。「どうですか？　さっきみたいなＣ０８やＣ１１のような成功例があれば、人探しが、大手を振って駅や鉄道事業者の新しい事業になるのではないかと思うのですが。まだ会社さんはこの人探しの件を本格化することには至らないのですかね？」

「ええ、お蔭様で０８や１１は、上の人たちを前向きにさせるための、力強い成果になります。まさしく駅でしか実現できない人探しだと思いますから。でも……」

「でも？」

笹本さんが眉間に皺を寄せた。

「自分の会社のことながら恥ずかしいです、こういうのは」俯きながら彼女は話した。「人探しで社会に貢献すれば、生体情報の収集を少しは許してくれるかという、世間との取引を考えてしまうのがいまの経営なのです」

個人の肉体のデータを誰かに握られることを人々は嫌う。しかし、会社は以前笹本さんが話していたように、合理的経営のために改札機を大規模に廃止して、生体情報の自動認識に移行しようという目論見があるようだった。背景には公安警察との結びつきが見え隠れもする。

「会社ってゆうのは、せっかくのシステムを自分の欲のためだけに使っちゃう」と石倉がいう。いつのまにか、石倉はコックピットの椅子に座り込んでいた。

笹本さんが話した。

「会社にとって最大の課題は、改札での生体認証に関して、人権論からの反対を黙らせることなのです。その取引材料が、人探し」

「つまりは、生き別れた家族を見つけて世のためになっているのだから、大量無作為の生体認証や犯罪者管理も少しは応援してくれと？」

「その通りです」笹本さんが即答した。「私は、人探しで多くの人を助けたいと思ってきました。歩容を採取させていただくことへの不安には、本当の優しさをもって理解を得たいと考えていました。ラミダスはそうしてこそ、人々に幸せを運んできます」

ラミダスの未来を、この人だけは真剣に考えている。

「でも、経済や経営をちらつかせながら、強引にラミダスのような技術を使っていこうと考えてしまうのですね、企業は」

「作った私はもちろんそういう強引さは好きではありません」

「そうですよねえ」といって、笹本さんが安堵の表情を見せた。「C08やC11ほど、弊社が人の心に貢献できたケースはないのです。この人探しは、とても素敵です。なのに、望んでいない方向に会社の施策は向かっていくのかもしれません」

石倉がいう。

「こっちの感覚だと、08や11を演算しているときのラミダス、かっこいいっすよねぇ。見てて震えがくるっていうか。すっげえプログラムの速さぁ」

彼はその方向でしか興味をもたないのかと苦笑しつつ、「なかなかでしょ」と相槌を打ち、私はさっぱり香気のないグァテマラをすすった。

笹本さんが続ける。

「C06は……、あの、真人君のお父さんは見つからないですかね？」

「はい。お父さんは首都圏にいないか、もしくは国内に戻っていない可能性もあるのではないかと」

「実際には、06では、どのくらいの量の動画と照合を続けたのですか。期間とか場所とか……」

私の仕事を疑っている訳ではないだろうけれど、踏み込まれた感触があった。

――困ったお尋ねね。

事実をぼかす必要のあるやり取りだった。

「ええ、かなりの量の照合対象を入れてみたのですけれど。今日の08みたいに、すぐに歩容がどこかで見つかってくれて、当人が持っているICカードまで分かってしまうなんていうケースもあるかと思えば、問題の06のように、歩容そのものが見つからないこともあるんです」

疑問に対しては何も答えていない私の言葉だけれど、笹本さんは小さく頷いた。

「確かにぃ。データベースに素材が見つからないと、猿人もお手上げかなぁ。猿人猿人猿人猿人」

石倉が舌を回した。

ラミダスに語りかけた。

――少しずつだけど、私たちが生きづらい時間帯に入ってきたようね。でも、ずっと一緒よ。私が消えるときまで、見守っていてね。

二十五

道に並ぶ銀杏の葉の黄緑が鮮やかだった。真人の暮らす施設を一人で訪ねた。今日の訪問のことは、笹本さんには何も話していない。実際、話すのは困難だった。

——私のことを最後まで見ていてね。この先は一緒に「逃げ切り」モードに入りましょう。笹本さんや吉岡さんに知られたら説明が難しい行動を取り始めることにするわ。でも大丈夫。時間の方がどんどん速く過ぎていくから。警察に怪しまれる頃には、私たち二人の目的は達成されているはずよ。

前に会ったのと同じ部屋だ。真人と前回と同じ保育士が並んでいた。麦茶を注いでくれたのをきっかけにマスクを外した。

「能勢さん、だったっけ？ 俺さっ」真人がいう。「ありがたかったんだ。会う価値もないような駄目な親も普通にいるもんだって、いってくれたこと」

話が軌道に乗ると、保育士が頭を下げて席を外した。鉄道会社にも信用できる社員がいると感じたのか。私が親のいない環境で育ったことを知り任せても大丈夫だと思ったのか。さもなくば、真人の口ぶりに、放置を決め込んだのか。

「当たり前のことをいっただけよ。こういう施設は……」部屋の中を見渡した。やっぱり明るかった。群青色の赤城山が、今日は窓一杯に広がっていた。「……正しいとされることを教えてくれると思うけど、世の中にそうでない現実はいっぱいあるわね」

真人はあからさまに保育士が去った方へ目配せし、笑みを見せた。

「あいつ、行っちゃったから、何でも話せるよ。能勢さんも施設出?」

「そうよ。私も昔、保育士さんごとにキャラを変えて暮らしたのよ。いまでも覚えているわ、近藤武《こんどうたけし》っていうヤな野郎がいてね。『お前たちは所詮《しょせん》世の中のお荷物だから、好き勝手に遠慮なく生きろ』とか、ぶち上げたのよ。喩《たと》え話のつもりだったんだろうけど。みんなで嫌って、先輩が『お前なんか下から読んだら、湿気たうどん粉だ』って、中高生の会合で取り囲んで吊るし上げた」

「能勢さんの施設、少年院っぽいかな」と真人が腹を抱えた。「さっきのあいつね、『自分の欲しいものを、人に差し出せ』って演説するんだ、偉そうに。ヘレン・ケラーとかキリストとかがいえばみんな納得するんだろうけど、あいつにいわれると、鬱陶しいだけ」

私にもそっくりな記憶があった。一日ひとつでいいから好きなことを人に譲ってみよう、とかいわれたっけ。それを実行したことは今日まで一度もなかったけれど。

真人と対面していると、十代の血が再び沸き立つようだ。あの頃、もう人間を嫌いにはなっていたけれど、施設にいたせいか、いまと違ってたくさんの人が、肌が触れるくらいの距離を通り過ぎていた。話すことがまったくなくても、周りで他人が何かを主張している毎日だった。そして私も、気持ちを外に爆発させたかった。あの時間こそ、自分の青春と呼ぶしかないのかもしれない。真人とのやり取りの中で、そんな過去を記憶から引きずり出してしまう自分が、意外だった。

「今日は、父親のことを話そうかと思ったの」

「会ったことないから、俺、何もいえないよ」

「いいの、分かってるわよ。そうじゃなくて、私の父の話」

「いないって、いってたよね」

「うん、神崎君と同じ。会ったことはないのよ。でもね……」

私は、とある日を思い出して話し始めた……。


偶然だけれど、十五歳の最後の日だった。冬の、格別鼻の奥が痛かった日だ。コウタの臭いの記憶が、刺すように鼻腔で暴れていた。それは拭っても拭っても取れない油みたいに、全身にまとわりついてきた。

白っぽい塗り壁が眩しかった。学校から帰ってくると職員に呼び出された。私の施設では職員を「先生」と呼ぶ慣習があった。いや、そう呼ばせる規則があったのだ。「そこに座ってくださ い」といった先生は、突けば崩れそうなほど弱弱しく見えた。大人って子供の前でオドオドするものなのかと、実感した。こんな大人を視線と言葉で追い詰めたらどんなにか楽しいだろう。ついでに、忘れたころにやってくる冴えない刑事たちも、今度はこの先生と同じようにズタズタに刻んでやろうと思った。

「能勢さん。辛いことなのだけれど、お話ししますから聞いてください」

私は、怯える先生を無言のまま見た。

「今朝早くに、能勢さんのお父様の、死刑が執行されました」

先生の唇が震えている。寒いからかなと思ってじろじろ眺めた。

「ご遺体を受け取るかどうかを尋ねられました。能勢さんにそれを決めてもらうのは大変なことだと思います。でもご遺体とお会いして、葬儀を行って、斎場に運ぶことができます。お墓も園の方でいろいろ考えることもできます。私が能勢さんとずっと一緒にいますから。お葬式を進めますか？」

私は答えた。

「尋ねられたということは、断ってもいいのですね？　受け取るのを」

「……はい。そういう決まりです」という。

間髪容れずに伝えた。

「興味ありません」

「……」

静寂があった。先生は強引に勧めることはしなかった。

私から話を終わらせようとして、「わざわざありがとうございました」といった。すぐに、なぜ礼をいっているのだろうと、不思議に思った。礼なんか要らないのに。日本人だから、何かをいわれると、「すみません」か「どうも」か「ありがとう」というのに決まっているんだ、きっと。

「どうも」といえばよかったのかな……。

話を聴く真人の眼差しは真剣だった。

「能勢さん、ヨウホゴだったん？」と真人が尋ねた。

要保護という音を久しぶりに聞いた。要保護とは、支援策を必要とする子供を指す広い意味をもっているのだけれど、真人の言葉遣いから、親から虐待を受けていた子供だったか、という限られた意味だと察した。昔の記憶を辿る。そうだ、私の所には「切り離し」という隠語があった。二十年前はいまほど表立って社会問題になっていなかったけれど、児童福祉として親から切り離すべき子が、身の安全のために入所していたことは事実だ。誰が切り離しなのかは、本人が喋らなければ子供同士では絶対に分からないようになっている。でも、施設にそういう役割や意味があることは中学生にでもなれば知っていたし、実際、不自然な傷を負って入所してきた幼児もいた。

「要保護というか、私の場合、虐待とか暴力を親から受けた訳ではないの。父は人殺しだけれど、私を傷つけたのではないから」

「その鼻、親父さんに殴られたのかと勘ぐった」

「これは、そうじゃないわ」

「そっか。でも、能勢さん、俺よか困った親父、もってたんだね」

「うーん、親が死刑囚ってこと自体は、あまり困りはしないかな」私は頬を緩めた。「でもきっとかなり悪い奴だったろうね」

「そっか。俺の親父も、そのくらい悪いんだろうな、きっと」

「その通りよ」という言葉をぐっと飲み込んだ。

真人が手で髪をかきあげた。ひねてるけれど、清々しいところのある子だ。普通の男の子と違いなく思えた。いや、むしろ正直だ。

個人的な連絡先をやり取りした。もう一度会って、彼の父親への思いを深掘りしたくなった。また会いましょうと告げて、施設を後にする。道すがら、私はふたたび、十五歳最後の日に返っていた。

「どうも」といえばよかったのかな……。

そう思うと、部屋の扉を開けてから、先生を振り返った。

「どうも」

先生が私の目を見た。

「先生、いま、笑うのを忘れました。いつも園の皆が教えられているように、いつもあなたが命じているように、どんなときでも笑っていれば、必ずいいことがやってくるのですよね。だから、笑います」

私はとびきりの笑顔を見せた。最高の深いえくぼも拵えた。鼻筋だって、あの日は誇らしげにしていたはずだ。

先生の目が生まれて初めて世界を観察するかのように、私に向けて極限まで開き切っていた。

その顔があまりに面白かった。だから、もっと笑った。もっともっと笑った。

そのとき初めて、何かに勝ったと思った。そして、笑いながら自分に誓った。これからは、コウタを葬るために生きるのだと。自分の納得できる方法で、コウタを消し滅ぼすために生きるのだと。

「能勢さんっ。やめなさい。たとえどんな人間でも、あなたのお父さんです。亡くなれば、仏様でしょう。あなたはお父さんを悼《いた》む気持ちを……」

そんな感じのことを、先生は口にしていたようだ。私は無視した。そして、聞き飽きた口調を制して、いった。

「先生っ。私、いま、綺麗に笑っていますか？　女の子のいい笑顔に見えますか？　女の子の笑顔でいられるのは今日で最後にします」

そういって部屋の扉を閉めた。施設の壁は今日も明る過ぎる。明日は、十六歳の誕生日だ……。

二十六

フィッシュボーンの髪が背の高い笹本さんによく似合う。ベージュのスーツの襟に、縞の入った褐色の石のブローチを止めている。私は自分をああいうふうに飾るセンスはないなと実感しながら、ブローチの艶を横目に、年上のお洒落に憧れる。

左にいるのは笹本さん、右で背中を見せているのは石倉だ。ワークステーションが並ぶ部屋を訪ねていた。石倉の方は、サイズが合っていない肩の落ちたワイシャツを、取って付けたようにまとっている。とりあえず自分の仕事をしているのだろうけれど、画面を覗き込みながらアチャアチャアチャとかホイホイホイと音を発し、夢中になると驚くほどの音量で奇声を上げる。

——彼、変人だけど、同業のプロとして認めてあげないとね。あなただけはお友達になってあげてね。

呟く私とラミダスの間に、いま心の境はなくなっていた。

石倉から少し離れたところに座ろうと、笹本さんが手招きした。案件C14に関して、私に謝りたいというのだった。C14の依頼者は宇都宮の近くに住む五十代の女性だったそうだ。十五年前に別れた元婚約者を見つけたいという依頼だ。要は、熟女の恋愛の後始末だった。

「調べ始めてくださったのに、こんなことになって」と平身低頭の笹本さんだった。

提供された素材には、背の高い男がクリスマスツリーの下を笑顔で歩く動画が残されていた。ちょっとした二枚目だ。痩せた頬に黒眼鏡がよく映える。ついでにいうと紺のジャケットが妙に似合っている。この男を婚約者にした依頼人が、いまはどういう容姿なのかと想像して、こちらが恥ずかしくなるような聖夜の動画をぼうっと眺めた。暗くて少し斜めの構図だったけれど、ラミダスなら探せるターゲットだった。

ところが、照合開始後わずかな時間で、笹本さんの少し慌てた電話を受けることになった。やっぱり彼を追わない方がいいのだと、依頼者自身が依頼を撤回してきたという。

「人探しの依頼には、本当にいろいろな人が来ます。生涯の願いとして泣く泣く親権を手放した子を探す人がいれば、忘れられない愛の相手を見つけようとする人もいます。どれも大切なのですが、どちらかというと恋愛絡みの捜索には心変わりも起きるのでしょう。こんな話を安易に能勢さんに持ち込んで、申し訳なかったです」

実際にラミダスは短時間で該当者発見のアラームを発していた。それも複数回だ。おそらく黒眼鏡の二枚目の現在をラミダスは捕捉している。

でも、こうなってしまってはC14にもう意味はなかった。笹本さんが恐縮しないように、こちらからなだめた。

「一生懸命探してせっかく見つけた宝物なのに、それを初めから存在しなかったものとして諦めるという童話を、昔読んだことがあります。子供心にはなんだか歯痒い話でしたけれど、真実を知るよりも大切なことが世の中にはありますね」

話しながら、思い浮かんだのは笹本さんのお母さんだ。二人の関係にはそういう部分が現実にある。

C14の話はこれで終えよう。その後お母さんに会いましたかと、私は話題を変えた。

「何度も夢の中でうなされました」

「悪い夢なのですね？」

「ええ。……母を何度も刺す夢です。なぜか、こんなペティーナイフで」と笹本さんが両手で刃渡りの長さを示す。奇妙なほどに具体的だ。

「刺して刺してまた刺して。自分はいつものベージュ色のスーツを着ていて、そのスーツが血で真っ赤に染まるまで刺すんです。スーツの繊維や、ボタンの位置や数や、ナイフの刃の輝きや柄の形。そんなことまで目に細かく映る夢……なんです。声にならない悲鳴を上げている母。途切れなく吹き出る血に塗《まみ》れていく自分。……あまりにも鮮明で、そこから逃げられないのです」

そう話す彼女の表情は、いまにも泣き出しそうに皺くちゃに見えた。

「ごめんなさい。気味悪いことといってしまって」

「いいえ、私こそ、余計なことを尋ねてしまって」

「挙句、いつも自分は自分で命を絶とうとするのです。そのくせ、鉄道事業者の社員だからか、ホームから飛び込むのだけは避けて、違う方法を探します。ビルの高いフロアへ階段を上がっていきます。五階だったり、十階だったり。飛び降りようとしているんですね、私。いつもそこで目が覚めます」

皺くちゃの顔に、収まりの悪い笑顔が混じった。私は考えて、話の流れに合わせた。

「刺した後、自分の命を捨てようとまでしているのですから、ごめんなさいという謝罪のような、親への感謝もどこかにはあるんじゃないでしょうか？」

「いいえっ」彼女の答えは即座だった。「感謝？　感謝らしいことは、まったくありません。相手は私を産んだ『母』なのに、そして私は『女』なのに、それでも相手の命を自分の思うままに終わらせるような暴力を持ち出す。自分でいうのはいけないですが、夢の中で、もう一人の残虐な自分を見つけてしまったようで、ずっと苦しいんです」

「もう一人の残虐な自分……」

言葉が胸に響いた。それを背負って生きている人間は、笹本さんだけではない。

私はたった一人の連れ合いに話しかける。

――ラミダス、私にも難しいのだけれど、人間って、姿は一人に見えて、心の奥にはもう一人の自分をもっているものなのよ。きっと、人探しは、そのもう一人の自分と、命がけで付き合うことでもあるのよ。

笹本さんが石倉を呼んできた。ついでといってはなんだけれど、彼に歩容解析を教えてほしいという。

私は二人の顔を順番に見て、切り出した。

「みなとみらいのヒトロコモーションの学会にいませんでしたか？　ちょっと前に」と尋ねる。

目の前の二人が顔を見合わせた。石倉が笑い出す。笹本さんが手で口を押さえた。

「見られていましたか。専門の学会などに行っても、きっと何も分からないと思いながら、ホームページを見て、誰でも参加できるとあるので、二人で行ったんです。案の定、内容はさっぱり分からなかったんですが」と恥ずかしそうにする。

「学会で見た歩行ロボット、いけてるぅ。大学の先生たちの討論は分かんなくっても、あのフォルムとかアクションとか、最高っすよ」と石倉はにやけた。

「私もねえ、話が通じるのは全体の一割くらいですよ」と慰めた。「ただ、参考になる議論にはたくさん出会えます」

一緒に右も左も分からない学会へ行ったという二人を、褒めてあげたくなった。笹本さんも偉いけれど、とくに石倉だ。いくら同じテクノロジーという世界でも、コンピューターシステムとヒトの骨の動きでは、好奇心の向かう先が違っていて当然だろう。だが、石倉はその両方の世界に喰いついたのだ。

笹本さんが指差していう。

「この子……、この子のマニアックな目を私はとてももつことはできないです。会場のスクリーンに出ていたどうしようもなくぎこちない二足歩行のシミュレーションが、『脳に来る』って盛んにいうんです。ラミダスを見せていただいた直後は興奮していて、業務をサボってヒトの足運びを研究しちゃうし」

彼の疑問に答えていただけますかといわれた。笹本さんは急ぎの打ち合わせがあって少し席を外すという。

私は、椅子を対面に並べてほくろの坊ちゃんと喋る。コンピューターで人間個人を特定するときに「識別をどうグレーに済ませておくのか？」というのが、彼がいま突き当たっている壁だった。

「人間は生き物だから、昨日と今日と明日でもって微妙に足運びが違うものなの。よく出来た工業製品とは違うのよ。同じ私でも、同じあなたでも、必ずいつでも同じ足の曲げ方で歩いている訳ではないわね。百対ゼロで判断するとターゲットを間違えてしまう。だから、ここぞというところで識別をあきらめるといいの。昨日の私も明日の私も、能勢には違いないんだから」と笑う。話しながら、自分の過去現在未来を思い浮かべる。「人間は、『曖昧に照合』するのがミソね。この前、塩梅っていったことね」

すると、「こんなのあるんっすよ」と彼がワークステーションを動かした。

「これ、フェイス・ワンっていってぇ」と動作を見せてくれる。顔認識による個人同定システムだということは、すぐ分かった。「あっと。こっちか。こっちこっちこっち。おい、これで、どうだぁ？」と独り言を呟きながら、液晶相手に操作する。極端にマイペースな石倉だ。

この会社では新幹線の不正乗車の摘発についてだけは、駅と日時を限定して簡易的な顔認識を既に使っているらしい。一方フェイス・ワンは、顔認識を汎用化して駅を利用する乗客を識別し、今後届出を義務づける顔写真と照合することを目指すシステムだそうだ。けれども、画面で見る限り画像回転機能が未装備なので、一見してひ弱だ。ＡＴＭやパソコンと違って駅の広い空間でたくさんの人間を同定するのだろうに、これでは実用に耐えない。

「この前、大きな駅の防犯カメラでここの社員が実験して、照合確率を調べたら、正答率、ななななんと六四・二パーセントぉ」

一瞬の間があった。ほくろ君と顔を見合わせて大笑いする。三人に一人を間違えていたら、照合にならないではないか。

フェイス・ワンが確実に個人を見分ければ、「改札」という意味では今後ＩＣカードは不要になる。フェイス・ワンと決済サービスないしは預金システムとを連結し、駅の出入り口で誰かの顔を見つけたら料金を引き落とせばいい。

「一度お客さんの顔写真を手に入れたら、一生涯そいつを追いかけて、駅に現れたら問答無用で預金を引き出すぅ。それが会社の作戦。六〇パーじゃ話になんないけど」

石倉が、拍子木のようにマウスでデスクを叩く。

「でもぉ、フェイス・ワンって、女の人が眉毛を濃く描くと別人にしちゃう。どうしたらいいんかなぁ？　みんな、眉毛描くのやめてくんないかなぁ」

吹き出した。私は何だか楽しくなって、ラミダスで採用している個人を曖昧に照合するプログラムの技を伝授していく。関節角度が二十五度の人間がいたとして、それが二十三度で歩いても逆に二十七度で歩いても、他人だと認識しないようにしていると伝える。この喩えは、意外に彼の理解を助けたようだ。

「要は匙加減ね。眉毛を濃く描いていても、その程度では同じ人間だと判断させるのよ、フェイス・ワンに」

そう話しても、判定基準の入力画面を前にして、迷いからかフリーズしてしまう石倉だった。彼のふたつ目の質問の核心は、他の場所に蓄積されている動画素材を、システムはどうすれば効率的に照合できるのかということだった。ラミダスがなぜあそこまで速いのか、ストレージ、つまりは記憶装置に入っている動画ファイルとの関係をどう構築しているのかという問いだ。

「自分で作ってきた記憶装置の中から探すんなら、できっかもしんない。でもどっか他の場所にあって誰かがつくったサーバーから素早く照合するってぇ。そんな技、俺にないっす」

石倉が指先を顎のほくろに沿わせながら「映像データを最初に全部ダウンロードしちゃうのっかなぁ?」というので、「大抵それは持ち主が認めないでしょ」と諭す。

「そうねえ、多様な動画ストレージに対応できる照合システムを準備するのは確かに面倒だけど、面白いのよ」

というと、石倉がいきなり分厚いファイルを取り出して、強引に私の膝の上に置いた。懐かしい二穴のDリングで綴じられたレポートだった。ファイルの表紙には、「Cシリーズアクセスログレポート」と恐ろしく乱れた文字で書きなぐられている。

「アクセスログ解析……。えっ、そんなことをやっているの?」と思わず尋ねる。

「そうっす。ログログログログ。自分でやってて、面白いっす、これぇ、ここへのアクセスログ。いま案件ごとに、ラミダスのアクセス内容を見てるっす。こうすれば、どういう工夫をしてラミダスがファイルを覗いているかが分かるかと思ってぇ」

石倉は研究室の教授に連れられて、大きな美術館のホームページの絵画閲覧履歴を分析してレポート化するという仕事を、頻繁に手伝ってきたのだという。そういえば笹本さんもそんな話をしていたかもしれない。

「ログのデータを扱うのは得意っかな。難しくないっす、ラミダスが検索した足跡を見つけるのは」と、額を人差し指で叩く。

ファイルをめくった。各ページには、アクセスログを読み取って、ラミダスが各案件でどの動画を長く見ているかが分析されていた。

「ここの数字。ラミダスからのぉ、Cシリーズの動画へのアクセス回数と時間。Cの02の後、04、03、01、05、09、11、07、08、10、12、14、13とアクセスしてきているんっすよぉ。依頼人から提供された昔の映像っす。で、それに近い時間帯に駅のどのカメラの映像を調べているかを分析すると、ラミダスがどの案件のためにそのカメラを探ったかが、かなり分かるっす」

「遅くなりました」と、そこへちょうど仕事が終わったらしく、笹本さんが戻ってきた。「二人、気が合いそうね」と笑いながら、私の斜め前に椅子を転がしてくると、興味を惹かれた様子で話に加わってきた。

「笹本さん、これっす。アクセスログ解析ぃ」といいながら、石倉が彼女にもファイルを手渡した。自分でまとめたレポートを三人分プリントアウトしてきたのだ。

「ああ」と彼女が思い出したように答えた。「この子、こちらが忙しいときに余計なことをしているから、ちょっと叱ったんです。だけど、アクセス……ログでしたっけ……、それを解析すると、画像解析のコツがつかめてきてフェイス・ワン改良のヒントも見つかるだろうからやってみたいって。私にはよく分からないので、ちゃんと紙にまとめなさいといったんです。これはその結果ね？　石倉君」

「そうっす」と嬉しそうに答えた。「で、Ｃ１４って、キャンセル案件っすよね？」

笹本さんが私に申し訳なさそうに目を瞬いた。

「どの歩容検索も、笹本さんがステラＭＴに照合依頼をしたらしいときから、アクセス回数も映像を利用している時間も急に増えるぅ。たとえば最初に仕事した０２ぃ。ラミダスは、立川、国分寺、八王子、三鷹あたりの、まずは中央線の駅から。次に武蔵野線に移って。最後の方は西国分寺と国立と新秋津の駅のカメラに集中。こうやって探してくんだっていうのが見えて、すっごく面白いっすぅ」

「堀込さんの件ですね」と笹本さんが添えた。

「国立国立国立国立ぃ」と、石倉が繰り返す。「もっちろん、何が目的でこのカメラのファイルを覗いているのか、最後まで分かんないケースもたくさんあるっすけど」

ラミダスは照合を進めながら、比較対象に指定してあるオリジナルの映像ファイルを随時覗いて、映像回転作業が妥当かどうかを時々検証するようにプログラムされている。確かに、アクセスログを丹念に追えば、その時点でどの案件の照合作業をしていたのかを、ＳＩＵのオフィスからでも粗方知ることができる。完全には無理だけれど、ある程度の精度でなら、ラミダスが何を調べていたかはここから読み取れる。

「C04もO1もO5も。ところが、14の検索は少ししか増えない。14は最初に八十分ちょっとだけラミダスが使ってて。で、終わりぃ」

C14の紙をめくると、アクセス量の折れ線グラフが印刷されている。推定合計照合所要時間の欄に八十七分とあった。

時間の経過とともに、ラミダスがどのくらい働いたかが一目瞭然だ。解析に使ったと推測される動画のファイル番号の一覧も、その後に並んでいる。14に関しては、例のクリスマスのイケメン男の動画にアクセスが来て間もなく、照合作業が中止されていた。

笹本さんがいう。

「申し訳ないことに、14は、最初っから話がなくなってしまったのではなくて、これを見ると、初めの少しだけはラミダスが照合をしてくれたのでしょうね……」

「ズバズバズバリ、その通りっ」と、笹本さんを指差して、ほくろ男が能天気にいった。

「能勢さんには申し訳なかったです。それがこの八十七分間かなと見えますが」

「うんうんうん、その状況にぴったしぃ。こうやってログを見ているだけで分かるぅ、ラミダスが人を見つけ出しながら、喜んで笑っているのがぁ」

「機械なのに、笑うの?」と呆れて尋ねた笹本さんに、石倉は「笑いまっすぅ」と真顔で答えた。

紙をめくる私の手は止まったままだった。唇を噛み締めた。目の前の二人のやりとりが上の空になる。手元のファイルはC06のページを開いたままだ。「推定合計照合所要時間七十二分」とそこにはあった。それが、石倉が見出した06に関するラミダスのアクセス時間のすべてだった。

０６に取りかかったラミダスが、フィリピンの街を歩く神崎真人の父親、すなわちコウタの歩容をシルエット化し、好みの向きに回転し、各関節角度の時間変化を抽出したであろうことは、このログ解析結果から、私には手に取るように分かる。ラミダスは、私の最初の命令に忠実に従って動き出したのだ。続いてラミダスは、都心のいくつかの駅のカメラが撮った素材とフィリピンの映像を照合し、結果を出し始めた。そして間もなく行きついたのだ、あの大塚駅の動画に。直後に中村橋からのアクセスは断絶していた。仕事を開始してたったの七十二分後だ。検索を打ち切った理由は、もちろん私が中止命令を出したからだ。以後、ラミダスにはフィリピンの動画を一度も見せていない。

ほくろ男は笑顔で喋り続けている。

「０６はちょっと変かなぁ。大体七十二分間くらいステラＭＴからのアクセスがあってからは、後は使われていないっすぅ」

微妙な沈黙が流れた。自分の胸の鼓動ばかりが耳に届いた。何かいうべきだろうか。どうせいつかは明るみに出ることだった。もはや隠しても仕方ないか……。迷っている私を置き去りにして、声を出したのは笹本さんだった。

「分かったわ、石倉君。ご苦労さんね」

私は、俯き加減に笹本さんの様子を窺う。こちらを見る、わずかな素振りもなかった。

「自分で調べた、えっとアクセスログでよかったわね？……、そのアクセスログの分析結果と見比べながら、個人を照合するノウハウを能勢さんによく教わってね。今日は忙しい能勢さんが来てくれた貴重な機会なんだから」

そういいながら、彼女は06の動画検索が明らかに奇妙な形で終わっていることにまったくふれようとはしなかった。そのことが、私が06の照合を意図して中止したという事実を彼女が察したことの、何よりの証しだった。

06の照合作業をやめたことを、笹本さんに話さなければいけない。けれど、この人の前で行き当たりばったりの嘘を取り繕うほど、私は愚かではない。ただ、すべてを明かすのはいまはまだ早過ぎる。もう少し先になれば……、そう思っているうちに彼女が声を出していた。

「能勢さん、システムって機械なのに、人間みたいですね」

「えっ?」

「人間と一緒に笑ったりするのね、システムも」

戸惑ったまま返事に窮していた。石倉の声が割って入った。

「システムなんてSEと機械の合体。だから、半分は人間の顔をしている気がしないでもないっかなぁ」

思わず石倉を見た。

「合体合体合体合体。たとえばログ見ているだけでも、システム作った人間のぉ、気持ちが見えてくっかな」

ほくろ君は何を気遣うでもなく楽しそうに話し続ける。

「ラミダスの半分はぁ、……人間っす」

その通り、ラミダスはもうただの機械ではなかった。私と融合して、半分は人間として振る舞っている。人間には、喜と怒、哀と楽がある。表と裏がある。そして……、真実と嘘がある。

石倉は純粋に機械を相手にしながら、見えてくるものを無邪気に受け止めている。けれど、笹本さんは石倉が見つけたものの中に明確に感じ取ったはずだ、ラミダスと私が重ねている嘘を。

二十七

床から天井まで立ち上がった大きなガラスが夏の陽光をたっぷりと採り入れている。外は猛暑日だが、室内はエアコンが効いて快適だ。店が看板に掲げるコンセプト通りに、ガラス越しに椚《くぬぎ》の植樹に囲まれて、林の中にいるような緑の空間が醸し出されていた。

高崎市内の美術館のカフェに座っていた。目の前には首元がよれよれの黒いTシャツを着た真人がいる。学校が夏休みに入り、平日の昼間でも施設で時間を過ごしているというから、電話をかけて連れ出した。二人で座って話せればどこでもよかったけれど、せっかくだから雰囲気を変えてみた。アパートを出て新幹線にも乗って、ざっと二時間。真人には会っておかなければならなかった。

「結構みんな、親戚の家とかに帰るんだ。この時期」と真人がいう。

夏休みの真ん中だった。自分の高校二年の夏を思い出そうとする。一度だけファストフードでアルバイトをしようとしたけれど、面接の後、それとなく断られた。結局、施設に引きこもり。ずっと布団にもぐって図書館の本や先輩の残した参考書を読み続けた。

「バイトとか塾とか、あるんだよね？」

「うん、バイトはしてる。塾は適当」

「ああ、私の頃は、大学生のボランティアが数学を教えに来た」

「あるよ、いまも。そういうの」

大学生が来ても、自分の方が数学も物理も知っていたから頼らなかった。それに施設の食堂で他人と時間を共にするのが、たまらなく嫌だった。

チーズケーキにアイスレモンティーをご馳走する。昼食時を過ぎた館内の喫茶店は閑散としていた。ストローに口をつけた瞬間、少し離れたところでスマホから顔を上げた中年女性と視線が合った。彼女の目が固まってしまっている。申し訳なく思って、すぐマスクを鼻の凹凸に引っ掛ける。

「能勢さんは、大学行ったの？」

「いいえ」

「それでも、大っきい鉄道会社に就職できたんだ？」

「うん」

私は声を曖昧に濁した。

「俺は大学は無理かも。専門かな」

母子連れが店に入ってきた。子供の甲高い声が響いた。

「この前の職員さん、就職係でしょ？　相談したら？」

「うん。でもまだだいぶ早い」ケーキを頬張ったまま、真人がいう。「俺、あいつと、ぜんっぜん、合わないんだ」

「うん、こないだ、感じた」

真人が微笑む。

「あいつがいうことは、あいつが正しいと考えてることばっか」

「門限とか？」

「うん、それも。けど、しょっちゅう宗教みたいなことをいう。『どんな人間にも、みんないいところがある』とか。あんな所で働くより、危ない教祖やればいいよ、あいつ」

「分かる分かる」

私は思わず同意した。

真人の父親への思いを知りたかったのに、彼の高校生らしい姿を見ているうちに、自分の十代の頃の記憶が首をもたげた。孤独に埋もれ、何かに飢え、渇いていた私。でも、誰かに気持ちを訴えようとする自分がいたことは、真人と同じだった。

真人の前でいつの間にか人生を早戻ししている。早戻ししながら、心の中の自分の痕跡を手繰り寄せていた。固い鎧を被ったのはいつからだったか。怨念に導かれてエンジニアになり、ラミダスを生み、コウタを見つけ、今日が来た。目の前の少年が見せるありのままの十六歳は、すっかり暗闇に消えた自分の足跡を、灯りで照らすかのようだった。

ストローを使わずに紅茶を一気に三分の一くらい飲むと、真人は初めて父親のことを話題にした。

「あの男のこと。探してくれっていったけど、ま、いいんだ、親父なんて、見つかんなくても」

「もし見つかれば、会っておいていいのかもしれないよ」

私は真人に父親を語らせたかった。

少し、考える間があった。

「途中まで一緒に暮らしてれば、そう思うかもしんない。でも俺には最初っから、いない」

「そっか」

「どっかで車に轢《ひ》かれて死んでても、どっかで誰かに刺し殺されてても、俺、いいんだ、別に」

真人の顔を覗き込む。顔色ひとつ変えずに喋っている。

「私ね、父は、誰か知らない人に『殺してもらった』って、思ってる」

素直な言葉だった。

「殺してもらって、やっぱ、嬉しかった?」

真人の問いに躊躇はなかった。

「嬉しい、というより……。色々な手間が省けた……くらいの感じかな?」と答えた。

真人が頷いていった。

「確かに。そんな親父、ある日どっかから現れてさ、『お前はお父さんの子だ。一緒に暮らそう』とかいわれても、迷惑だよね?　悪いけど」

「ううん。悪くないよ」

「親父さんは、刑務所にいたの?」

「えっと、正確には拘置所。ま、同じよね」

「こないだの話聞いて、思ったよ。親が死刑囚くらい悪い奴だったら、俺も、死体取りに行くの、面倒」

椚の緑に染まった陽光が、真人の肩から射し込んでいた。その光が、ふわふわと揺れ始めた。自分自身の言葉に真人が肩を震わせたのだ。そして声を上げて笑った。揺れる綺麗な夏の陽に、真人の明るい笑いが融けた。光と笑いが心地よかった。

だから、コウタを殺すことに決めた。

——いいえね、ラミダス。もちろん、殺すことなんて、とうの昔に決めていたのよ。コウタの命なんて、ずっと、100パーセント私とあなたの手の中にある。

外の緑の輝きに瞼を細めながら、胸の内で呟いた。

——でも、もしもこの子が自分で父親を焼き殺したいというくらい憎んでいるなら、殺しの権利を譲ってもいいかなと、ふと思ってしまっただけよ。ほら、昔、施設の先生が教えてくれたから。『一日ひとつでいいから好きなことを人に譲ってみよう』って。それをいま初めて、実行してもいいかなって思っただけ。

沸々とこみあげてくる笑いをこらえ切れなくなって、真人に遅れて合流した。まったく違うことを考えながら、二人で目を合わせて笑った、心の底から。

——可笑しいわね……。

真人と、施設にいた頃の思い出話を喋り合った。虐待された子がそれとなく入所していた記憶を話した。親権の停止とか、いまは合理的な法律が使われることを真人がリアルな実例で教えてくれた。親のない子の生き方は、大抵どこか芯が通っていると二人で意気投合した。

私の鼻のことで、怪我をしたと嘘をついたことを謝った。いろいろ悲観することがあってと理由をぼかしながら、実は鼻は自分で潰したんだと伝えると、真人は「痛そっ」と眉根を寄せた後、「気が向けば整形手術とかあるじゃん」という。

「見た目を直すのは考えてなかったなあ」と返した。

「きれいに直したら、能勢さん、もてるよ、きっと」

「生意気なガキめ」

私は拳を突き出した。真人も拳を出し、二人で合わせた。

高崎駅の待合室で帰りの新幹線を待った。次の列車が来るまでまだ時間があった。

目を閉じた。楽しい一日だった。真人のお蔭だ。

しばらくその余韻に浸ったあと、目を開けた。そしてあらためて「今」の自分を思い出した。

なぜいまコウタの存在を消すのか、そんな当たり前のことを記憶から辿る。

鼻が疼く。それがきっかけだった。スマホを手にして大井町事件の犯人にメールを打つ。

「プラン通りよ。あなたが死なずに済む方法はひとつしかないわね。伝えた通り、八月三十一日に現物を届けて頂戴。場所も時刻も予定通り」

そこまで書くと改行して、一呼吸入れた。

「あ、先週の火曜日は蒲田で朝までお楽しみだったようね。動きはつかんでいるから、妙な真似はしないように。それから前にもいったけど、警察を頼っても、彼らはあなたを死刑にするだけよ。分かっていると思うけど」

一度だけ読み返して、送信ボタンを押した。

二十八

奮発してカトレアの切り花を買った。大きな花弁に盛られたピンクが、部屋の一角に夏を運んできた。色彩に劣らず、香りの素敵な花だそうだ。もっとも、香気が体に届いたことは久しくない。脳の髄に感じるのはいつもコウタだった。今日も漂うのは、コウタの臭いそのものだ。

花びらを凝視しながら嘆息を漏らす。

「欲しい……、花の香り」

そう、独り言を声に出した。

――泣いているのは私ではないのよ。潰した鼻が、いまさら悲嘆に暮れているのよ。

心なしか駆動音が小さいラミダスだった。

――退屈そうね。強がりをいう私って、つまらない?

キーボードが滲んで見えた。指先で目を掻いてから、キーを思い切り叩いた。

検索案件を挿入していく。大井町事件の犯人が約束を守ったかどうかの確認だ。約束が履行されていれば、コウタは死に、ラミダスの視野から必ず消える。二〇二二年八月のある日を境に、コウタの歩容がラミダスの照合内容から消滅するのを確かめればよかった。

結果、ラミダスと私の判断は固まった。八月十八日深夜に新宿駅を出たのを最後に、コウタはこの世からいなくなったのだ。

コウタの歩容を検索にかけると、明らかに通勤に使っている山手線大塚駅と大崎駅以外にも、いくつかの検出結果が見つかってくる。新宿、池袋、渋谷、新橋、上野、錦糸町などの駅でコウタは見つかっていた。大塚と大崎に加えてそれらいくつかのコウタが利用しそうな駅の映像を、最初に重点的に照合した。その後、SIUから引き出せるあらゆる駅の映像を、ラミダスでできる限り検索し続けた。そして、コウタのすべての足取りが八月十八日を最後に完全に途絶えたというのが、私とラミダスの最終結論だった。

ついでに大井町事件の犯人の足取りも見た。八月十七日から二十日にかけて、藤沢にも横浜にも、どこの駅にも現れなかった。

――殺した人間は、電車じゃ運べないから、きっと車に乗っていたのね、この期間は。

私は推測に自信をもった。

――あいつ、約束は守ったみたいよ。でも、人一人がこの世から消えたことを確かめるなんて、あなたにはつまらないことね。こんな仕事をお願いして、悪いわね。

ラミダスには引き続きコウタを探させ、午前零時と正午の二回、不在確認結果を見せるようにプログラムした。ラミダスが十二時間ごとにまとめて出す答えは、毎回同じだった。一致する歩容なし。エラーコード11903だ。

――まさか、コウタが八月十八日に痛風発作を起こしたんじゃないわよね？

笑ってエラーメッセージを凝視する。

――そうよね、姿は消したようよ。でも……。

鼻筋に触れた。

——でも「念」はまだここに在るわ。

コウタの最期を私は見届けていない。見ようとも思わなかった。生きている姿も、おそらくは泣き叫んで命乞いをしただろうその様子も。

生身のコウタが死んでいく有り様など、この鼻の奥にこびり付くあの臭いと、そこから滲み出る苦悶とは無関係だ。コウタは、私だけのやり方で葬らなければならない。

——自分で首を絞めれば恨みが晴れる、水墨画家見習い殺しの女とは違ってね。

大井町事件の犯人に、あの日電車の座席で私はたったひとつだけ条件を伝えた。「殺すだけじゃ駄目。この男を焼いて骨にして、持ってきて頂戴」と。

そういったとき、彼の頬がピクリと震えたのを覚えている。

二十九

マスクがしっかりと鼻の上まで覆っていることを確かめた。銀座四丁目の交差点からわずか二百メートル足らずの路上だった。平日の午後だけれど、裏手の細い道でも人通りは絶えない。竹藪を模したと思しき巨大なオブジェが出入り口に並ぶ、見間違えようもない画廊の斜向かいを、受け渡しの場所に指定した。四十五リットル入りの強化プラスチックバケツが六つ、軽のワゴン車から路上に降ろされた。白い円筒形のこの密閉バケツは優れものだ。いろいろな大きさの物が売られているけれど、ごく小さいものなら梅酒や漬け物を入れておくのに便利だと思う。蓋にゴムのパッキンが付いているお蔭で、揺らしても中身がこぼれることはない。フロア給仕ロボットの件で訪ねたファミレスチェーンが、どこの店もこれより一回り小さいものを生ごみの一時保管に使っていた。臭気が外に出ることもなく、使い勝手がいい。

バケツをここまで運んできたのは、大井町三女性殺しの犯人だ。人通りが絶えない銀座の道沿いは、何よりこちらが襲撃される心配がない。そそくさと歩く通行人は、ワゴン車から降ろされる他人の荷物の中を覗くことなど、絶対にない。人混みの中ほど安全なのだ。

簡潔に尋ねた。

「久しぶりね。中身は約束通りでしょうね？」

男はクリーム色のシャツを汗染みだらけにして、何度も首を縦に振った。冷たい目だけが印象に刻まれる。周りを気にした。二時間半前から周囲を何度か見て回り、罠がないことを確認していた。ときどきお洒落な店を覗きながら、銀座の楽しい百五十分。万にひとつ、男に怪しい動きがあれば、手荒なことに不慣れな私でも事前に気づくことができるに違いなかった。

電車のボックスシートで会って以来になる。

「蓋を開けて、私に見せて。六つとも、順番に」

ゴム手袋をはめて男が蓋を外す。上から覗き込んで大雑把に見当をつけてから、こちらは素手を挿し入れて、中身を吟味する。

人の骨だ。

見上げると、男の目が見開かれていた。

歩容解析に取りかかった初期に、全身の骨の形と動きを頭に叩き込んだ。そして、出入りしたスポーツ医学の研究室で、骨の現物に触らせてもらった。あのときの鮮明な記憶が、目の前の骨としっかり結びつく。

下肢、上肢、つまり手足から見始めた。男がガソリンで焼いただけだからだろう。きれいな白骨ではない。黒く焦げついた部分が広がっていた。骨と骨を繋ぐ靭帯《じんたい》という紐状の線維や、焼けた筋肉の残り滓《かす》がたくさんこびりついている。いくつかの骨は関節が外れずに、連結したままだ。まだ全身の骨が脂ぎっていた。

軽く持ち上げるだけで自重で表面が剝げ落ちる骨もあった。炎に強くさらされた部分は脆く変化していたけれど、おそらく火の中に長く入っていなかった部位は、比較的丈夫なままなのだろう。

一連の背骨を確かめた。独特の尖《とが》ったところのある二番目の頸椎《けいつい》、つまりは首の骨が確認できた。肋骨の数を数える。大きな骨盤を指先でなぞった。

三メートルくらいしか離れていないところを歩行者が足早に通り過ぎる。

「頭はこっちだ」と男が小声でいう。

「説明は要らない」と突き放す。

最後のバケツに左右の肩の骨が入っていた。それを脇に除けると、バケツの底にほぼそのままの頭骨が姿を見せた。

「右の膝のお皿がないわね。それから喉のところの舌骨《ぜっこつ》。骨盤の下の尾骨もないわ。左の肋骨が二本足りない。それに頭はよく火をかけたみたいだけれど、肋骨や足の土踏まずのあたりがよく焼けてないわ」

男の狼狽は明らかだった。

「焼き加減が不均一ね。ウェルダン以上だっていったでしょ。見習いコックじゃないんだから。大井町のときも、焼きが下手だから見つかったんじゃないの？」

男が慌てて、マスク越しに声にならない声を吐き出している。

「か、勘弁してくれ。これで十分、捨てやすくしたつもりなんだ。腐るよりましだろう？　山の奥でガソリンかけて焼いたから、落とした物があっても見つかりゃあしない。あんたがこの後どこかで置き忘れない限りは、絶対にバレない。俺は俺で、精一杯やってんだ。こっちは見つかったら命がないんだ」

「ふうん」と、私はわざと不満げに嘲《あざけ》るような目をして見せた。

「こ、これでいいだろう？」と男が泣きついてくる。

強姦と殺人を重ねた男は脅され、無様な操り人形だった。三人殺して司直に余命を握られたも同然とはいえ、いわれるがままだ。殺人の実行犯なんて、所詮この程度のものだ。男を無視してラミダスに呼びかけた。

――自分で殺さなくてよかった。首を絞めるより、焼かせた灰をもらう方が断然面白いわ。

ビルが鉛筆のように立ち並ぶ東京でもっとも華やかな街の裏通りには、細長く切り取られた空があった。青が眩しい、夏の終わりの空だ。

「何かいったか？」男が口を開いた。

「いいえ、独り言よ」と応じて、もう一度空を見た。「下手くそだけど、よくやってくれたわね。礼をいう間柄ではないけれど」

そういうと、気のせいか男の氷のような目が少し解けたように見えた。借りてきた自分のワゴン車にバケツを積むよう命じた。

「いいわ、これで。これっきりだから、心配しないでいい。私は約束は守るわ」

「分かった」男が掌を広げて話す。「仲間がいるのか？　もう俺を見張るのを終えてくれないか？　目的は果たしただろう？」

私は黙って背を向けた。何も答えずに男を置き去りにする。もう二度と会うことのない男だ。車に乗り、手際よく発進すると、すぐに四丁目の交差点を通り過ぎた。ふっと息を吐くと、ラミダスに話した。

――女を何人も力ずくで襲って焼いたくせに、とんでもなく弱い奴だったわ。それにあの男、一生逃げ遂せるほど知能が高いとも思わない。

薄ら笑った。

――ま、それで構わないわ。長く逃げていてくれる必要はないわ。

数寄屋橋の交差点で止まる。斜め前に、煉瓦色で三角屋根の少し洒落た交番が目に入った。

――そうだ。暇なら、あの男を追い続けて頂戴ね。しばらくあなたは刑事裁判の晴れ舞台には立てないみたいだから。だとすれば、煩悩通りの百八個の骨であの男を追って、気が向いたら刑事さんたちに、彼がその瞬間に歩いている場所を教えればいいのよ。それで絞首台行きよ、あいつは。もちろん私は、その前にすべてを終えるけど。

横断歩道の人の波が止まった。一呼吸してアクセルを踏んだ。銀座を背に、今度は日比谷の少し味気ないビル群を視界に収めた。

——銀座っていいのよね。もちろん、物を買ったことなんてないけど。素敵なミュール、買いたいな。……でもね、やっぱりこれからホームセンターに行くね。以前ね、金属工作を研磨するのに、モーターで回る電動のやすり、グラインダーっていうのを使っていたのよ。あれ、いい。また欲しくなったの。大小ふたつ買おうっと。サンキの入り口の錆《さ》びた手すりも一旦あれで磨いて、ペンキを塗り直せばいいよね。

車で走り抜ける都心は、夏のいつもの昼下がりだった。

三十

この夏の陽光が名残惜しいのか、蟬の声が不規則に乱れている。屋外作業がやりやすくなった。まだ暑さは残っていても、秋は少しずつ近づいていた。

私が手にしているのはグラインダーだ。凹凸のある円板が回転する、電動のやすりだ。モーターが回って、硬い物を削ったり磨いたりするのにとても便利な道具だ。錆びついた手すりに、グラインダーを押し付けていく。鉄製の手すりの錆はそのまま上から塗り直しても、またすぐ錆が浮き出してしまう。だから、回転するやすりで研磨して、その上に錆止めの塗料を塗り直す。でも、手すりの錆取りは本当の目的ではなかった。

サンキのオフィスでブルーシートを広げていたら、電話の呼び出し音が鳴った。思い切り舌打ちをしてから出た。香田からだ。「うまく進んでいますか?」と尋ねられた。一瞬どきっとしたけれど、違う話題だ。

「はいはい。先日のお金持ち、ああっと、資産家。資産家殺し。目黒区の。すごいですよ。たぶん、容疑者二人合わせて三百を超える動画が検出できました。ちょうどまとめていますから、早早に会いましょう」と答えた。

事件現場は目黒区駒場《こまば》というから、閑静な高級住宅街。町の印象とは裏腹に、民家に押し入った二人の手口は荒っぽかった。資産家夫婦を寝室で一突きに刺し殺し、現金と大量の貴金属を奪って逃走したそうだ。逃げる二人の歩容が路上の防犯カメラに撮影されていたのが、運命の分かれ目だった。この案件の特徴は、古い未解決事件ではないことだ。まだ発生から三か月。捜査が進行中の事件でラミダスが頼られるという意味では、最初のケースだ。

この後、香田と吉岡さんに会える機会はもうあまりないだろう。早いうちに面会してしまって照合結果を渡す方が、私とラミダスには都合がよかった。

「それと、先日、そちらの部長さんに、警視庁から連絡を入れています。やっぱり上の方で、ステラさんとの関係を公式化しようとのことです。すぐにはラミダスの存在を明らかにはしませんが、年度内を目処に、何か委託研究のような形で文書を交わすのではないかと思います。僕は気に入らないんですけどね」と香田が話した。

サンキでラミダスと戯れる時間が終わろうとしていた。香田には明後日会いましょうと告げた。

気を取り直し、一辺が三メートル以上もあるブルーシートを床に敷いた。さらにその上に扱いやすい面積の小さいシートを四枚広げる。

銀座から持ち帰った六つのバケツをシートの上に運び、蓋を順番に開けていく。

——いまさらお経も要らないわね？　……コウタ。

一番近くにあったバケツに手を差し込むと、四十センチほどの長さの棒のようなものをつかんだ。左の腿の骨、大腿骨だ。膝の周りに、焦げた筋肉とコラーゲンの靭帯が山のように盛り上がっている。ガソリンで燃焼して強度を失った骨は、手で強く握ると表層がボロボロと剝離する。ブルーシートの上に置き、膝立ちになってハンマーを叩きつけた。大腿骨が大まかな破片に割れた。大きな洗面器を持ってきて砕けた骨を入れると、もう一度ハンマーで丁寧に叩いていく。すりこぎ棒も用意した。砕けた骨の欠片を大きなボールに入れて上から棒でぐいぐい押すと、細かい粉になった。

——まだ物足りないわね。もっと、もっともっと細かくしないと。

小型のグラインダーを手に取った。先端に直径五センチくらいの硬いやすりの円板を付けてある。木工でオブジェを作るなら、この道具は無敵だ。木の板にグラインダーを当てていけば、彫刻刀を使うより速くきれいな文様を彫り上げることができる。でも今日の目標は、アートの創作ではない。人の骨を粉末にすることだ。

砕けた大腿骨の破片に可愛いグラインダーの先を押し当てるようにして、丁寧に潰していく。あっという間に腿の骨が灰色と黒色と焦げ茶色の混ざった破片になる。粉末といってもよいくらい、細かい粒になった。

膝の側から腿の骨を砕き始めたので、後まで形が残ったのは大腿骨のヘッド、つまりは頭と呼ばれる一番上の球状の部分だ。生きていれば腰骨にはまり込んで股関節になる。足を自由にいろいろな方向に投げ出せるのは、腿のてっぺんにこの真ん丸のヘッドがあるからだ。よく焼けた球体部分は、力いっぱい叩く必要もなかった。金槌を三度くらい当てると、ヘッドの球体も粉々になって形を失った。

誰かの視線を感じた。振り向くと、コックピットのデスクに猿人のフィギュアが突っ立っていた。思わずにやけた。

――ラミダス、向きが悪くて、見えなかったわね。

フィギュアの顔を「作業場」に向けた。

――これならよく見えるかしら。

ハンマーを手にしながら、話しかける。

――コウタの骨よ。見えてる？　私が山手線で会ったのが去年のお彼岸頃だったから、ここまで一年もかかってしまったのね。闇サイトの返事なんか待たなければよかった。ああそうそう、珊瑚礁の海岸のイチャイチャ映像でも生きているところを見ているわね、あなたは。

次に足先を取り出した。燃焼作業が不十分で、肉は落ちているものの、踵から先の骨に関しては、まだ関節が連結していて形を保っていた。

――これ、あなたが苦手な、ＳＴ関節。

そういいながら踵の部分の骨を持ち上げて、天井からの照明の光で、骨の表面を斜めに見透かした。一際大きな四角い踵の骨を力いっぱい握る。左右とも踵の部分には燃焼の熱が十分に回らなかったのだろう。素手で壊そうとしたができなかった。

――しょうがないわね。

今度は大型グラインダーを手に取った。交換式のやすりの円板を、粗い凹凸のあるものに取り換えた。ピカピカに輝く、下ろしたての鉄の円板だ。ちょうどこんなグラインダーで、売り出し中の造形家が杉の丸太から狛犬を削り出しているのを見たことがある。

――彫刻家みたいに上手じゃないのよ、私。でも、粉にするなら私でも十分できる。

手元のスイッチを入れる。けたたましい回転音とともに、円板が回る。音が出ても、昨日から手すりを削っているから、怪しまれることはない。

グラインダーをコウタの右の踵に向けた。圧力をかけてやすりの面を骨の塊に押し付けると、心地よい反発が掌に返ってくる。やすり面に負荷のかかったモーターが一際大きく唸る。そして、鉛筆で描いた骸骨を消しゴムで消していくように、コウタの足の輪郭が消え始めた。

――いい削り心地よ。

五分もかからずに、踵と複数の足首の骨、そしてそれらが連結してできているST関節が、跡形もなくなった。代わりにブルーシート上に飛び散るのは、焼けた骨の粉末だった。視界を遮るように、粉になったコウタが宙を舞い、ふうふわと落下する。落ちていく様子は、ちょうど北の雪山に止め処なく降り積もる綿雪のようだ。

――綺麗ね。本当に綺麗……。

ふと気づいた。慌てて鼻の跡の凹凸に指先を走らせる。鼻の奥に氷がとけていくような瑞々しい感触が生まれている。コウタの体が形を失い、粉になって舞うたびに、去ってゆくのだ。私を苛み続けた、あの臭いが。

そして代わりに現れたのは、ものが焦げ落ちる臭いだった。ブルーシートの上に、戸惑う自分がいる。

――ラミダス。骨を粉に砕くときに、臭いって出ているのかしら？　やすりの摩擦で焦げるだろうから、臭いがあるのかもね。なんだか私の鼻、その焦げた臭いを感じているのかも。

バケツから最後に取り出したのは、頭だ。眼球の入る眼窩《がんか》という窪みがあって、左右の眼窩の間には鼻の穴があった。

――これが、私を襲った……、顔。

子供でも知っている頭蓋骨だけれど、高熱に曝され、脆弱だった。両手で抱えても重量感はない。何か所か、炭のように黒く焼けた跡がある。骨を見たところで、凌辱者の表情が蘇ることは最後までなかった。

焦げ跡を凝視しながら呟く。

――ただの物体ね。

ラジオペンチで歯を抜こうとした。頭骨を裏返して左手で抱え込み、歯の白い表面をペンチで挟んで引く。でも、歯の根っこが骨の穴にしっかりとはまっていて、引き抜けない。

ブルーシートの上に頭蓋骨を置くと、ハンマーを手にした。歯列へ軽く打ち付ける。根元の穴が砕け、ポトリという音とともに、歯が何本もシートに落ちた。ひとつひとつの歯は小さいけれど、丈夫だ。金槌で叩いても簡単には砕けない。

――万力を買っておけばよかった。コックピットの机に取り付けられる万力があったら、歯をしっかり固定してやすりが当てられるのに。

ちょっと悔やんだ。

仕方なく、左手に持ったペンチで歯の端を挟んで固定しながら、右手でグラインダーを当てた。甲高い音とともに白い煙を捲き上げながら、歯もみな粉末になった。

目の前に、歯が欠損した頭蓋骨が残った。力を込めてハンマーを振り下ろした。

左目。右目。そして、鼻へ。少しずつ、ヒトの頭らしい輪郭が失われていく。脳が入っていた部分が、歪な天体のような立体を成している。

——木星だか土星だかの衛星に、こういう形の、あったわよね。あれはクレーターだらけだったけど。

笑って、脳の覆いを打ち抜いた。

——一、二、三、四、五……。

ハンマーを振り下ろすたびに頭の輪郭線がなくなり、打痕だけが残されていく。黒く焼けていた頭の骨はすぐにばらばらになった。

また大きなグラインダーを手にして電源を入れた。響きとともにモーターの振動が手に伝わった。

——コウタ、さようなら、ね。

回転するやすりで、残された眼窩の曲面を破壊していく。最初に右、次に左。残ったのは、鼻腔の奥にある、孔と溝だらけの複雑な骨だけだった。

自分の鼻を触った。やすりと骨の間で物が焦げる臭いが続いていた。

——分かる……。臭いが、分かる。

高速で回転するやすりを一気にコウタの鼻にぶつけた。砕けていく鼻が悲鳴を上げた気がした。

——右……、左……、右……、左……、最後は……。

舞い上がる粉末の中、小さな骨の塊が、ひとつだけ残されている。

——ケリをつけるってやつかしら、これがあの男の、鼻よ。

嬉しくて笑いを抑えられなかった。

——最後は、正面から。

けたたましい回転音の中で、喰い込んだやすりがコウタの鼻の骨を最後まで粉砕した。

目の前から頭骨がすっかり消えた。そして、オフィスの空気を満たすかのように、骨の粉が宙を埋め、舞い続けた。ブルーシートに全身を投げ出し、下から眺めながら私は浴びた、散ってくるコウタの骨を。

——勝った。今度こそ、私は、勝った。

ブルーシートの上は薄汚れた粉末にびっしりと覆われた。その中心に仰向けに転がっているのが、私だ。前を見ても後ろを見ても横を見ても、粉々に果てたコウタが広がっていた。

寝たまま、ジーンズの後ろのポケットから鏡を取り出して見た。

舞い立ったコウタの粉末が、髪にも顔にも肩にも胸にも、降り注いでいた。そのなかに私がいる。顔一面に粉が張り付いている。夢中で気づかなかったけれど、汗まみれだった。頬に顎に額にこびりついた骨の粉末のわずかな隙間から、どす黒く潰れた鼻が鏡を見ている。

——ラミダス……。

私は笑った。思いっきり笑った。

――ラミダス……ありがとう。

返事はなかった。

オフィスに一人、笑い声が響いた。鏡の中の粉だらけの笑顔に、涙がきらりと光っていた。

三十一

金属でできた空色の四角い菓子箱の上に、猿人フィギュアを立たせた。相変わらず座りが悪い。箱の上でも時々左右に揺れた。

――ラミダス、どう？　化石人類の誇り高き直立二足歩行で、戦利品の上に立った気分は？

コミカルな表情のフィギュアがいつもより楽しそうに見えた。赤褐色に塗られた笑顔が輝いている。

フィギュアを脇に置き、箱をデスクから持ち上げた。筆記体で飾られた洋菓子店の屋号は、聞いたこともないものだった。住所を見ると浅草だ。頂き物なのだけれど、誰からもらったものか、どういう類の菓子が詰まっていたかは、忘れてしまった。

菓子箱を膝の上に置き、蓋を開ける。中には、白とグレーと焦げ茶と黒の、様々な粉末がたっぷりと詰まっている。コウタを焼いてその骨を砕いた粉だ。コウタの骨の粉末は、菓子箱といくつかのタッパーウエアに分けて、オフィスに保管してある。

――この仕事、やっと最終段階。のんびりはしていられないけれど、ここまであらかた予定通りよ。

黒塗りのマグボトルのようなロケットを持ってきて、底板を外した。菓子箱の骨粉をお玉ですくってロケットの底から注ぐ。直方体が九割方いっぱいになるまで粉を入れた。二重底を閉じて金具で止めた。

コウタを砕いた残滓は、ロケットの外側の底板を外せば、内側の底に開いた孔から少しずつ確実にこぼれ出していく。鞄にぶら下げてしばらく歩き回れば、すべて孔から地面に落ちる。

――あの男にはこの末路がお似合いよ。これから時間をかけて、この灰を町中に撒《ま》いて歩くの。だって、町の中に紛れて二十年を生きたんでしょう、私のすべてを破壊し、私の鼻に巣食ってから。ねえラミダス、あなたがいなかったら見つけられなかったのよ。それだけの逃亡を続けた男。フィリピンまで行って、誰かに子供産ませて。それからも、人の山に上手く隠れて……。コウタを消滅させるときが来たのよ。私のやり方でコウタを滅ぼすの。体を粉々に潰して、大都会のど真ん中に曝すの。

頬を緩めると、フィギュアを掌に乗せた。

――ラミダス、その目でよく見ていてね。長くはかからないから。

一時間後、大塚駅の南の広場に立っていた。路面電車が走っていることを除けば、何の変哲もない地味な駅前だ。反対側に出れば猥雑な歓楽街も控えている。最初に選ぶ場所としてこの駅は相応《ふさわ》しいだろう。

――覚えているわね？　ここでコウタを見つけたのを。

カレンダーは秋だけれど、曇って湿気のある日だ。

――そういえば……。

ここでコウタを実際に目で見た日も、妙に蒸した朝だったのを思い出した。

改札機の前で、天井の防犯カメラを横目で睨んだ。

――あなたは永遠の目撃者になる。カメラを通して、あなただけが私の真実を見ることができるから。

ロケットの金具を外して、外側の底板を外した。トントンと試しに振ってみる。少し灰が落ちた。

――このまま歩いてさえいれば、コウタの骨は駅の埃に紛れて分からなくなる。今日は大塚だけど、明日はどこがいいかな？

ココア色のパンプスに目線を送る。大のお気に入りだけれど、やっぱり小指が窮屈で少し痛い。広場やその周辺をぶらついてから切符を買う。ICカードは使う気が起きなかった。知らない人に自分の足取りを知られる、その可能性が嫌だった。中村橋への通勤を除けば、現金で切符を買い続けていた。

――さてと……。

とぼとぼ歩いてホームへ上がる。ホーム上をゆっくりと往復した。少しずつ確実にコウタの灰はホーム上に散る。

端まで行くと、線路越しに駅前を見通した。傾いた西日が雲の間から建物の群れを明るく照らす。夕方の通勤時間が近づいていた。

試しにロケットを覗くと、粉と化した骨はもう半分くらいが網板から落ちていた。

――みんなに踏まれればいいのよ。何十万何百万という人に潰されて、蹴られて、散らされて、最後は埃に紛れて存在を消せばいい。

私はマスクを外した。溶岩が固まったような自分の鼻を何度も撫でた。自然と笑みが溢れた。

――後になって町中の人々は、自分たち一人一人が男の処刑に加わったことを知るのよ。

笑い声が漏れてしまう。その笑い声に、ホームにいる何人もがこちらを振り返る。そして、鼻を見て目を逸らす。皆、背を向けてその場を離れていった。

何本も電車をやり過ごした。停車して扉が開く度に人の波が吐き出されてくる。声を立てて笑う私を見て、人は怪訝な視線を送る。

少しすると、また私の周りに人がやって来て電車を待った。私はまた大声で笑った。するとまた私の周りに空間ができた。そうしたことを繰り返すとやがて、私の周りには円ができ、その中心に私だけが立っていた。

満足してロケットの中を見る。骨は五分の一くらいまで減っていた。

――こうして消えていくのよ。二度と誰にも探してもらえない、無限の孤独に堕ちればいいわ。

自動のアナウンスが内回りの電車の接近を告げている。コウタを追跡した日を思い浮かべた。

――次に撒くのは、大崎駅がお似合いかしらね。

三十二

生活は規則正しかった。毎日、午前中に一回、夕方早い時間帯に一回。ロケットを提げて、町にコウタの骨粉を撒いた。大塚、大崎、新宿、東京、渋谷……、……御茶ノ水、代々木、品川、池袋、中野、上野……。行き先は東京中に広がっていった。

どの駅も、コウタの捨て場だった。

――そうよ、墓なんかないのよ、コウタには。

形を潰したコウタを、次は抜かりなく「念」ごと消していく。コウタが撒かれたホームの上を、無数の靴が踏み散らかしていく。刑の執行人は何百万もの見知らぬ普通の人々だ。

――じゃあ、ちょっとだけ出かけるわね、ラミダス。

池袋駅で初乗りの切符を買った。降りたのは高田馬場だ。午前中とはいえ、一目見て分かる十代に溢れた賑わい。ホームからオフィスビルやスポーツ施設が見渡せる。広い通りには車の列が連なり、過激な泡沫政党の支援者のたどたどしいスピーチが、ビルの谷間に反響している。

――いい町ね。たくさんの人間がコウタを踏みにじってくれる。

山手線のホームから乗り換え口周辺、そして改札あたりまで万遍なく骨を撒いた。お気に入りのパンプスで、撒いた骨粉を踏み潰す。

快感だった。一歩踏むごとに、生きていてよかったと実感する。

——これのどこが犯罪だというの？

ホーム上の人々に目をやった。何も知らずに誰もがいつものように駅を使っているだけだ。

——それでいいのよ。極刑に華やかなセレモニーは要らない……。

新大久保寄りに立って、新宿方面を見渡す。目の届く範囲だけでも、最低二台のカメラが私を捉えているのが分かる。鮮明な映像が撮れているはずだ。

——今日もカメラに私の姿を残しておくわ。いずれ必要になったら、見て頂戴。あなたが捕えた岡田さえ子や工藤悟に負けず劣らず、私のやっていることも世間の注目を集めるかもよ。いずれ香田のような人間が、私の罪を書類にして司法機関にもっていくでしょう。そんなときはあなたの見ている映像を使ってもらうのが都合いいわ。クオリティは抜群でしょう？

余計なことまで思いつく自分が可笑しくて、吹き出した。足元に目をやる。

——大井町の殺し屋さんに会う頃から、このパンプスを履いていたのよね。痛かったパンプスのせいで歩き方がぎこちなくなって、骨粉を撒いている私のST関節の運動パターンは微小な誤差を生みそうよ。いつかあなたを動かすエンジニアがそのことに気づけば、骨を撒く私は、普段の私からは歩容で識別できるに違いないわ。コウタを葬る私は、自分でも人格だけが複数あるようにも思えたのに、あなたから見たら最初っからただの別人だったのかもね。

すべき仕事を終えて電車を待つ。車内に居合わせる人々はこれまでと何も変わりなかった。

コウタを消していく悦び。それに浸る私。

とうとう終局に達しようかというときなのに、駅にやって来る人の様子はいつもと変わらないように見える。老人もいれば学生もいる。まだ歩けない子供を抱いた女性やスーツを着た男性。お洒落に余念のない人もいれば、周囲をまるで気にしない輩もいる。善人も悪人も。この全員にコウタの死刑を執行させたい。

電車に乗り込み座席に腰を下ろす。やがて、正面に年配の男が立った。肩が少し前に屈み、髪の毛がすっかり薄くなっている。緑のセーターに草臥れた黒のジャンパーを引っかけた様子は、平日の昼間の間延びした空気もあって、引退後のサラリーマンを思わせた。細長く折った経済新聞に目を走らせている。周囲の客がスマホを触っている中で、新聞が異質で目立った。「闇サイトグループ逮捕――金で殺人請け負う」という見出しが躍っている。

一時間で中村橋に戻った。床に広げた菓子箱とタッパーの蓋を開けて、残りの骨粉の量を見積もる。あと五回、いや、四回出歩けば、この死刑執行劇の幕は下りる。とうとうクライマックスが見渡せる段階に到達した。

――ラミダス、世の中の人って、みんな、何を目的に生きているんだろう?

笹本さんは母親を探したくて、大きな企業に就職した。そして、いまや、会社の現実に背を向けながら人探しに優しさを求めている、他でもないその母親の存在に苛まれながら。

――コウタのすべてを消したら、私は、どうなるんだろう?

瞼を閉じて、沈思した。

香りを、感じる。

目を開くと、部屋の隅に飾ったダリアのピンクが飛び込んできた。昨日、花瓶に活けたばかりだった。淡いピンクの花びらから女っぽい香気が漂うのを、確かに受け止めている。

深く息を吸い込んだ。漂う香りに胸が融けた。

──花の香り……、もう分かるのよ、私にも。

スマホが鳴った。香田からだ。要件は分かっている。歩容追跡の進捗を尋ねたいんだろう。やり過ごすことにした。今はラミダスと話したい。

──残り少ないお付き合いね。どうやらお別れはそう遠くはないわ。せっかくだから、ちょっと語り合いましょうか……。

三十三

「これ、新しい捜索の件です」

笹本さんの話をオフィスで聞く。新たな依頼のC17だった。失踪した弟を探してほしいという、三十ちょうどの男性からの依頼だ。数年前に山形県の海岸に近い町から忽然と姿を消したらしい。交通事故に巻き込まれたのではないかとか、日本海側で起きた拉致事件との類似点が多いとか、地元では噂されているそうだ。事件性はないという県警の結論が出ているものの、支援団体が声を上げていて、単純に解決できるかどうかは分からない。

依頼者から持ち込まれた映像を見た。若い男が駐車場のような場所を歩く映像だ。よく映っている。高齢者と異なって頻繁に出歩くはずなので、それこそ無事ならばこの年代は防犯カメラで捉えやすい。案件の発生から比較的日が浅いので、情報が豊富に得られる可能性もあった。

「探してみましょう」

よろしくお願いしますと頭を下げた笹本さんが、そのままこちらを見ていた。目を合わせると、少し俯いて鼻の下に手をやりながら口を開いた。

「実は」といった彼女の表情が苦渋に歪んだ。話し難いことだろうと察しがつく。C06のことを問われるのだろう。

「……私には真人君のことがあるので、真相を知りたいと思っています。SIUのアクセスコードの使われ方と、それによってラミダスが探ったと思われる映像ファイルの種類を、石倉が調べました。ラミダスがC06のフィリピンの動画にアクセスしたときに、そのとても近い時間帯にアクセス量が増えたファイルがありました。山手線の大塚駅と大崎駅のカメラで撮られた映像です。能勢さんがなかなか該当人物を検出できないといっていましたから、何が起きたのか理解が難しいのですが」

大塚と大崎。その駅名を聞いて、笹本さんが核心に近づいたのだと悟った。彼女が覚悟を決めたように私を見た。

「真人君の父親を見つけたのではありませんか？　大塚駅か大崎駅の映像に」

石倉がラミダスとC06の関係に関心をもって、丹念に調べたようだった。

「石倉が、両駅の特定のファイルにいつからラミダスがアクセスしていたのかを、遡って確かめました。かなり前からでした。一年近く前まで追いました。正確にいえば、私が二〇二一年八月にアクセスコードを能勢さんに提供した直後、すぐにこの大塚駅と大崎駅の映像へのアクセス時間や頻度は、ほかの映像とは明らかに違うパターンを見せ始めていました。ごく短期間にあまりにも頻繁にこの映像が、ここ、中村橋からリクエストされているのです。吉岡さんたちの警察からの依頼と関係ないことはもう確かめています」

困惑を眉で表現する彼女だった。

「このオフィスからの大塚と大崎の映像へのアクセス頻度が増えたのは、真人君の父親探しがC06という形で依頼案件にまとまるよりも前のことになります」

彼女が息をついた。

「真人君のお父さんが映った映像を、ずっと前に、別の人探しで、大塚駅と大崎駅で見つけていたのではありませんか？　だから、それ以上真人君のお父さんを探そうとはしなかったのではないですか？」

私は黙って聞いていた。いい加減な言い訳を笹本さんにする気はない。彼女が続けた。

「能勢さんがラミダスを作った動機は、その人を見つけるためだったのではないですか？　能勢さんの怨恨の向く先は、大塚と大崎で見つけた男。しかもその男は、真人君の父親だった……。間違っていますか？」

彼女はうっすらと額に汗を滲ませていた。

「実際に該当する映像を精査して、能勢さんが探し続けたであろう人物を絞ってみました。もちろん正しいかどうかは分かりません。いつもマスクをしている人だったので、顔はよく見えませんでした。体形や髪型、衣服や持ち物などを見比べながら、映像相互間で共通と思われる人物を選びました。結果、この人物だろうと推察しました」

そういうと、笹本さんは数枚のプリントアウトを差し出した。紙には、大塚駅の改札を通る背の高い中年男の姿が印刷されていた。マスクをしたその男は、小脇に書類鞄を抱えている。

「C06について、真人君の父親について、知っていることがあれば話してください。この人が真人君の父親なのではないですか？　この人と能勢さんの間にはどういう関係があるのですか？」

静寂が私たちを包んだ。私から口を開いた。

「笹本さん、さすがですね」彼女の表情から緊張が消えた。「私の嘘はまた見破られてしまったと思います。あなたは私のことを誰よりも知っていますよ」

彼女が首を振った。

「いいえ、何も分かっていません。私には何も……」

私は笹本さんの目を見つめた。そして伝えた。

「C06のこと、それから私自身のことは、近いうちにしっかりとお話ししたいと思います」

彼女が頷いた。

「今日は、私からお願いしたいことがあります。笹本さんの人探しにはいつも愛があります。信仰の世界へ去ってしまった息子さんを見つけてあげたときの、年老いたお母様の様子。あれを見ているだけで確信しました。笹本さんは、未来に向けて優しい人探しを実行していける人です。どうかラミダスを使って、人探しを続けてください」

「私が役に立つかどうか分かりません。ただ……」笹本さんが答えた。「人探しは優しい、人探しは美しい。そう、思い続けています。確信しています」

——人探しは残酷、人探しは醜悪。そう誓って、あなたをつくったのよ。

私はラミダスに向けて呟いていた。

——ラミダス。私がいなくなったら、この人を頼るのよ。それがきっと……あなたの幸せ……。

低い駆動音がコックピットに響いた。

三十四

鼻の疼きが止まっている。コウタを砕いて以来、僅かずつ香りを感じるようになっていた。

——香り……ね、花の。

目の前で花弁が開きかけている。

——水仙。

この季節に初めて見た。

あの日、部屋に満ちていた涼しげな香り。母の血のにおいの中に確かに漂っていた香気。

その白い花の息遣いが、殴られ壊され汚されていく自分の記憶と重なろうとする。

私は激しく首を振った。

鏡を手に取る。四角い枠の中に見たことのない顔が収まっている。

——顔って、手に入れるものなの？

蚯蚓が干からびたような赤黒い不規則な隆起の上に、「新しい鼻」がついていた。

形成外科の扉を叩いたのは二か月前だった。そこは外科と呼ばれて実際に医師が働いているけれど、医療というよりは限りなく造形に近く思えた。事故で体の一部を欠損した人間にとっては、この造形術が生むイミテーションの顔が生活に自信を与えてくれるものだそうだ。平均的な人間との心の距離が縮まるのだという。

――何だろう、この気持ちは？

顔を傾けてみた。

人間を取り戻した気がしている。

唇を細かく動かしてみた。

女を取り戻した気がしている。

――こんなはずじゃなかったのに、ラミダス。

姿が変わると元の存在ではいられなくなる。表に見える無機質な形の変化が、裏にはびこる生臭い心の変質を、私に否応なく強いた。私だけの生き様に、「人間」が介入してきた。

――きっと、もともとは、人間だった。私。

無言のラミダスを呼ぶ。

――私はこれまで「人間」を遠いところに置いてきた気がするのよ。ついでに、「女」も。

医師は、私にいかにも鼻らしいよくできた突起物を用意してくれた。いまどきのコンピューターと工作装置の普及振りを考えると、後付けの鼻は三次元コピー機で量産するのかと想像していた。ところが実際には、高精度の工作機械が直方体の樹脂の塊から鼻を丁寧に削り出して仕上げていくものだった。モーターで動く小さなやすりが削り出す、いってみれば彫刻だ。

診療所では見本をたくさん見せてくれるので、自分の好きな形の鼻を選ぶことができた。裏面も凝っている。自分のひしゃげた鼻の表面をレーザースキャンし、新しい鼻が顔にしっかりフィットするように、顔面の凹凸に合わせて装着する裏面の側も削り出してくれた。

スタッフが気にしたのは肌の色合わせだった。色だけは波長を計測して物理学的に合わせてもうまくいかず、顔料を混ぜる画家の色彩感覚に似て、目で見て合わせるものらしい。実際、私の肌の色を見ながら、小瓶の中で塗料を混ぜるという手作業で決定してくれた。

新しい鼻は弱めの糊で皮膚に違和感なく接着できた。角度が曲がっていると変だから気を付けるようにと忠告されたけれど、最初から裏面の凹凸が地顔にぴたりとはまって、難儀しなかった。継ぎ目には提供された充填剤を塗って、その上にファンデーションを乗せた。買っただけで蓋を開けることもなかったファンデーションがとうとう役に立った。

――ラミダス。私、本当に女子になるみたい。

できあがった鼻は悪くない。いや、十分によかった。少なくともそう感じた。

本当のことをいえば、あるべき自分の鼻の形を知らないのだけれど、「こんな感じですよ」と営業スマイルを見せるスタッフの勧めを、否定せずに受け入れただけだった。

私は鏡の中の人物を凝視する。

――なんか……、恥ずかしい。

こんな感覚はいつ以来だろう。楽しいとか嬉しいとかではなく、ただ、恥ずかしかった。

――そういえば、人間って、恥ずかしがるものだったかしら?

鏡に顔をいたずらされているみたいだ。もう一度鼻に指先を這わせた。

――これを獲得した代わりに、何かを喪失したりしてないかな、私。

気分を変えようとした。鏡をコックピットの斜め奥に置く。

――全身が映るような、大きな姿見があるとよかったわね。

ラミダスに話しかけた。

――前から思っていたけど、やっぱり、ボブを跳ね上げてみようっと。

普通の人間のように生きている自分の姿を、無理して想像してみた。

――新しい人生が私にもあったりして、ね。……そんなはず、ない、か。

かぶりを振った。

――でもねえ、ラミダス。いまは、久しぶりに会いたい人が一人いるのよ。

鏡から視線を外すと、そこはいつも通りのコックピットだった。ラミダスとの二人だけのコックピット。怨念のために生きる自分が、いまだそこに生きていた。

三十五

夜の秋葉原駅で、コウタを捨て終えた。時計に目をやる。今日はこんな時間になってしまった。

休日は賑やかになるホームはがらんとしていた。以前と違って終電が早いせいか、二十三時を過ぎると都心の駅でも人と人の距離が空く。

高低に複雑な構造のこの駅で、「現場」を総武線6番ホームの御茶ノ水寄りの端にした。ホームの向こうにちょっと怪しいマニアの聖地が広がっている。何十年か前のこの町は、見渡す限り雑然とした電気部品の問屋街と青果市場だったと、出入りした研究室の教授から聞かされたことがある。

ラミダスがいつかは見られるようにと、防犯カメラの前を五往復する。歩みを止めてロケットの蓋を開けた。中が空になったのを確認して、満足感に浸る。

――これを目指して私は生きてきた。ただ、それだけ。

空色の菓子缶に残る骨粉は、これで、あと一回分だけだ。

中村橋のオフィスへ行かずに直接アパートに戻った。もう日付が変わっている。冷蔵庫から紙パックを取り出して、グラスに空けた。庫内の温度調節が壊れているのか、冷え過ぎたミックスジュースが歯にしみた。

テーブルに投げ出したスマホが震えている。見ると笹本さんからだった。着信に出る。いつもの声だった。

「こんな時間に申し訳ないです。一刻も早くお話をしたいと思い、電話しました」という。「夕方、神崎君に連絡を取って話を聞きました。あの後、彼に何度も会っていたのですね」

怒るでも不満を混ぜるでもなく、淡々とした声だった。

高崎まで二度行ったこと、探している父親を心の底でどう思っているか彼と話し合ったことを、私は認めた。電話の向こうの彼女は、私が虚言塗れの人間であると知ったはずだ。

唐突に、「潮田志郎《うしおだしろう》という人をご存じですか?」と彼女が問う。

ウシオダ……。記憶を辿ったが思い浮かばない。

「石倉と二人で見つけました。潮田志郎という名前自体は偽名かもしれませんが」

覚えがありませんと伝える。

「先日プリントアウトでお見せした、大塚駅の背の高い男のことです。顔は分かりませんが、C06に関してラミダスが抽出したと考えてよければ、きっとフィリピンの映像と同一人物なのだと推測します。私は神崎君の父親だと思っています」

彼女の声は落ち着いていた。

「ICカードの改札通過履歴を使いました」

私はラミダスに話した。

――あなたと別のシステムをアナログで関連づける……。これをされると、私が使える嘘の手段はもうあまり残っていないのよ。

笹本さんが続けていった。

「改札通過履歴から、お客様一人一人の定期券の利用状況を追跡することができます。カメラの場所と時刻から、この写真の人物が使っている定期券を特定して届出情報をチェックしました。その結果、写真の男の氏名は潮田志郎ということが判明したのです。堀込智久さんで経験した通り、購入時に届けられている名を本名だと決めつける必要はありませんが」

これまでは警察でもなければできなかった調査を、民間企業が代替している。皮肉かもしれない。社会が自由を失うことを憂いている笹本さんの周辺で、それが現実になっている。私のすべてが彼女の部署に見えてくるのも、時間の問題のように思われた。

「このときばかりはとフェイス・ワンを使いましたが、顔の情報が少なくて、人物を自動で抽出することはできませんでした。逆に、潮田志郎の定期券が改札を通過した記録から、自動改札機番号と日時を読み取ってみました。そして、その場所を撮影している防犯カメラの映像から、該当する日時の映像を確認しました。再生すると、確実にこの潮田志郎の姿が見つかってきます」

笹本さんと石倉の仕事ぶりは非の打ちどころがなかった。

「神崎君には、まだ何も分からないのだけれどと伝えながら、潮田志郎という名前に心当たりはあるかどうかと尋ねましたが、ないということでした。一方で、こちらのデータから潮田志郎名義のICカードの存在は、二〇一六年まで遡ることができました。それ以前は、この人物が一体どこで何をしていたのかは、分かりません。違う名義のカードを持って暮らしていたとかかもしれませんけれど」

「彼は……、真人は何かいっていましたか?」と尋ねた。

「『探さなくてもいいよ、どうせろくでもない男だからって、能勢さんと意気投合したんだ』といっていました。それと、『能勢さんにとても強く励まされた』と感謝していました」

——感謝……。なぜ、そんなことをするの。あの子の父親の命を奪って、屍を衆人に曝しているのはこの私なのに。

戸惑いに捕らえられた。

「実は、石倉がこの潮田志郎について大切なことを見つけました。それは、とても心配なことです。だからいま電話をしたのです」笹本さんが話す。「潮田志郎が、ここの管轄のすべての駅の構内から、八月十八日を最後に、ＩＣカードごと姿を消しました。この日以来、改札の通過記録がありません。フェイス・ワンも投入しましたが、反応しません。潮田志郎は、ある日突然駅にまったく現れなくなったと考えられます。もちろん、ただ遠方へ転居しただけかもしれません。他社の路線に切り替えたのかもしれません。でも、とにかく消えました……。迂闊でした。最初に潮田志郎の名前に行きついたときに、直近の改札通過履歴を確認するべきでした。それをしなかったので、昨日石倉が持ってきた潮田のＩＣカードの履歴を見て、最後の記録が今年二〇二二年の八月十八日で終わっていることに、初めて気が付きました。それで、いま連絡をしているのです」

笹本さんの仕事振りに気圧されている私だった。

――ラミダス。やっぱり、あなたをこの人に委ねたいわ。一番真剣にあなたのことを考えるのは、きっとこの人よ。

「能勢さん、潮田志郎は、いえ神崎君の父親は、あなたにとってどういう人物なのですか？　そしてあなたはこの人物をどうしたのですか？」

フィギュアに目線を送った。いま自分の胸の内を話す相手は、ラミダス以外にはこの人しかいない。

「後の質問から答えるわね」

私は、ふっと息を吐いてから言葉をつくった。

「殺したわ」

「能勢さん」

彼女の声に驚きは含まれていなかった。それよりも懸命に私に語りかけようとする気持ちが、電話越しに伝わってきた。

「いえ、正確にいえば、捨てたわ、駅に」

沈黙が広がった。

幼いとき自分の身に起きたことを、そして自分がしてきたことを、笹本さんに話した。真人の父親を殺さねばならない人生を生きたことを、彼女に伝えた。

私が話している間、笹本さんからは一言も言葉はなかった。死体を損壊する段に入ると、彼女が息を呑む擦れた空気の音がスマホから漏れた。

私はすべてを話した。

長い沈黙の後に、彼女が口を開いた。

「殺したのは、本当に真人君の父親……なのですね?」

「そうです」答えた後で付け加えた。「それは、私を凌辱した男でもあります。私の母を血塗れにして殺した男でもあります」

笹本さんの荒い息遣いだけがしばらく耳に届いた。

「会いたいです。能勢さんに」

彼女がいった。

二人は似すぎている。片や人を見つけ、幸福をもたらす。片や人を見つけ、死をもたらす。違いは最後の答えだけだった。この人は、現実と相容れずに生きているのだ、私と同じように。

私はいった。

『『人間』に戻ってきたような気が、いましています。怨念の向く先を消し去ると、いま何のために自分が生きているのかが、分からなくなっています」

「私は、もしも自分が能勢さんなら、これからどうするかを考えていました」

彼女の声が途切れた。

「死のうと……、死のうと、しているのですね？　能勢さん」

私は答えなかった。壊れた鼻筋を指でなぞった。

「能勢さんに、死んでほしくないのです。一緒にラミダスを育てて、人を救いたいのです」

私は無言だった。そんなことのために生きてきたのではない。他人のために生きることなど、絶無だった。

「もしも私が死ぬといったら？」

少しだけ間があった。

「すべてを吉岡さんに話します」微かな吐息から、彼女が意を決しているのが伝わってきた。

「能勢さんに死なれるくらいなら、警察を頼ります」

唇を噛み締めた。また嘘が必要だった。明日そちらで会いましょうと告げた。

「能勢さん、無茶をしないでください」

笹本さんの声は叫びに近かった。

私はその悲痛な声を無視した。そして電話を切った。

いつもの静かな夜だった。彼女の心を思いながらシャワーを浴びた。深い憂鬱にくるまれたまま、眠りに就いた。

三十六

　とろりと温かい夢の世界に、規則性のある音調が続いている。夢の中で私は、時計の目覚ましアラームを仕掛けたかどうかを一生懸命確認していた。鳴り続ける音がスマホの呼び出し音だと理解するのに、どのくらいの時間、意識朦朧でいたのだろうか。

　そうだ、いま居るのはアパートの自室だ。さっきまで笹本さんと話していたんだと、横に寝たままで慌ててスマホを手にする。電話は香田からだ。おかしい。こんな時刻に香田が電話をかけてくるはずはない。思いついたのは、死体遺棄で足が付いて、明け方なのに「いまから警察に出頭せよ」と命じられるストーリーだ。必ず早暁に捜査員が踏み込む、脱税摘発事件のニュースの場面を思い浮かべる。

　こめかみを叩きながら、電話に出た。

「能勢さんかいな？　すまんやなあ、こんな時間に」

　ちょっと驚いた。相手が誰かは明確だ。

「あ、吉岡さん」とだけ答える。一歩早く覚醒しつつある大脳の奥の方が、吉岡さんに手錠をかけられる自分を想起して、寒気が走った。

「悪い、悪いなあ、悪いなあ」と、「る」を妙に強く発音する訛りが繰り返し耳に響いた。「電話が無くてな、いま香田の、借りてるんや。すぐな、ラミダス動かしてくれんかな？　急ぎなんや。人のな、子供の命がかかってるんや」

「……」

寝起きの頭は、混乱しながら一番単純な解決を見つけようとしている。依頼を断ることだけはあり得なかった。

「……いまから中村橋へ行きましょう。詳しい話は、中村橋のオフィスで聞くということでいいですか？」

「ありがと。ありがと。それが助かる。すぐ俺ゃあも行くわ」

「じゃあ、後で。電車で行くとして、いまから四十分後にはオフィスにいますから」

「……能勢さんや、いま午前の三時十五分や。電車あらへんから、タクシーでな。領収書とっといてくれや。車来んときは、警察車両を送るわな」

あ、そうだったと頭を掻く。目についたブラウスを着てジーンズで飛び出し、大通りに出てタクシーを捕まえた。肩が冷やっとした。何か羽織ってくればよかった。

一階の工務店の前に止まっているのは警光灯を回すパトカーだった。

「悪いな」という紅潮した顔の吉岡さんと、無表情なままこくりと頭を下げる巡査が立っている。オフィスに入り、乗り込むのはコックピットだ。目じりで吉岡さんを追いつつ、猿人のフィギュアが立つ空色の菓子箱を見やった。コウタの骨粉に手向けるつもりはないけれど、菓子箱の隣にフリージアを活けてあった。訪れる冬を受け止めるという鮮やかな黄色の花から、甘い香りが漂っている。香りの世界はもう私の体の中に戻ってきていた。

「一体何が起きたんですか?」と聞く前に、吉岡さんがUSBメモリーとプリントアウトを差し出した。

USBを挿しながら、出力紙に目をやる。いまひとつピントの合っていないスチル写真に、太った男が小さな子の手を引く姿が収まっている。よく見かけるブランドショップとファストフードの店が背景に写り込んでいて、場所はちょっと洒落た商業地域に見えた。

「誘拐や。それに二人の歩きが映っとるが」

カリカリカリとUSBを読みこむ音がする。

ディスプレイに出ている動画ソフトのアイコンを叩いた。二人の歩きを正面から撮った動画が動き出す。なるほど、一見すると父親が子供を連れて散歩しているところにも見える。男はサングラスにマスクを着けていて、顔はほぼ分からない。紺のジャンパーに下は黒のスウェットを穿いているようだ。子供は小学校低学年くらいか。キャラクターもののセーターを身に着けている。性別は判断しきれなかったけれど、髪の感じから女の子だろうか。

「吉祥寺《きちじょうじ》の駅の近くや。次のも見てや」

編集時間はなかったのだろう。現場の防犯カメラの台数だけファイルがそのまま並んでいるようだった。正面寄りから二台。両側面から二台ずつ。男の顔は、彼の意図通り完全に隠されているけれど、ラミダスにとっては試運転画面かと思えるほど、歩容解析におあつらえ向きの映像が揃っていた。

吉岡さんが概略を早口で説明した。昨日の夕方、母親がほんの少し目を離した隙に、連れ去られた。子供は五歳の女の子。自分から逃げ出す好機を得るようなことは期待できない。

「厄介なんは、動機がな、イカレた奴の幼女狙いかもしれんことや」

とはいえ、積極的にそれを示す証拠はないそうだ。身代金要求の連絡もまったくない。それに、そもそも身代金目的の誘拐事件自体がほとんど発生しなくなっていると、吉岡さんはいう。金銭が目的なら成功率の高い手口は他にある。白昼の繁華街は人の目も多く、防犯カメラも備わっている。それを承知で親の目を盗んで少女を誘拐している段階で、性犯罪を疑ってしかるべきということらしい。まったくの先入観だけれど、脂太りした体形のせいか、いわれてみるといかにも陰湿な性犯罪者にも思えた。それに、おそらくは結構な年齢ではないか。

ベテラン刑事の見立ても私と近い。

「見た感じ、こいつ、若くもなさそうや。三十の後ろの方か、ヘタすっと四十半ばや。現場をだいぶ前から物色してるんや。そいつが一人で歩くフィルムもそこに入っとる。長《なご》う警察におってもやな、こういう弱い者を狙うんは、吐き気するもんや」

吉岡さんの眉がきゅっと下がった。

「とにかくな、一刻の猶予もならん。なんとかラミダス動かして、こいつを見つけてほしいんや。こういう事件やと、捜査本部っちゅうのができてな、センターの俺や香田は関わるもんやないんやけど、刑事課の誰かが『歩き方をセンターの奴らがやってる』いうてな。センターからこっちに応援に行けって命令が来たんや」

「状況、よく分かりました」と答えた。吉岡さんが画面を指差す。

「この機械を動かすにも、都合があるのは分かっとる。笹本さんとこにはな、明日うちらからも話す。あ、香田から聞いたと思うんやけど、うちのキャリア連中が『ステーラさんの社長さんに会う』いうてる。そこんとこ進めたらな、歩きの分析も隠すもんでもなくなるやろ。とにかくな、検挙の成績が良いとなるとお出ましや、うちのお偉方が」

頷くと、ラミダスの照合モードを起動した。持ち込まれたUSBの映像を再生し、犯人と女の子のシルエット化と回転の指示を出す。犯行時のカットだけでも三十を超えていた。多数のカメラが如何に同時に町中を見張っているかを痛感した。

――ラミダス、幼女趣味の性犯罪らしいわよ。コウタみたいな奴かしら。あいつに似たことをやらかしたとしても、知ったことではないけど。

そういいかけて、キーを打つ手が止まった。

自分に無関係な変質者とその犯罪に、感情は湧かないはずだった。私は警察官でもなければ、品行方正なヒロインでもない。

でも、そのとき鼻が鋭い痛みを感じたのだ。いつもと違う疼きだった。

――五歳って。あのときの私と、同じ。

マスクの上から鼻の残骸に触った。

――ラミダス、私、混乱してる。どうしたらいいの？

蚯蚓《みみず》のような凹凸が、刺されるように痛む。それを振り払おうとした。いや、消し去りたくて、一心にキーボードを叩き始めた。

夢中でマウスを走らせる。画面を次々と切り替えて、コマンドを打ち込む。犯行現場の位置からもっとも男が見つかりそうな路線と駅を順位付けして、検索を繰り返す。

――ラミダス、これって、もしかして……正義？

正義が鼻を刺しているのか。何度も首を振って否定する。

——人を破壊して捨てている私に、そんなもの……。ありえない。

ラミダスは答えてくれない。

ラミダスの照合特性を最大限に発揮するように命令を出す。自分のミスでターゲットを見落とす訳には、絶対にいかない。経験から、関節の角度と時間の数値を、曖昧照合の中でももっとも対象人物を取り逃がさない方向に追い込んでいく。検出する人物のＳＴ関節の角度の限定範囲を、思い切って緩く広げたのだ。この場合避けなければならないのは、犯人をロストすることだ。逆に他人を犯人と誤判定しても、そのたびにここで私がすぐ映像をチェックすれば、判断の間違いは防げるはずだ。

いつの間にか、誘拐された女の子の姿が、会ったこともないのに目の中に映っていた。

暗い部屋。水仙の香り。濡れた靴下。突然殴打される痛み……。

コウタに襲われる自分がフラッシュバックする。

速くなった呼吸音が、破れとばかりに鼓膜を叩く。

——私、いま、何をしているんだろう？

呼吸が苦しい。脈の拍動と苦しい呼吸に、胸が詰まった。コックピットを放棄して、洗面所へ走る。どろりと吐いた。咽《む》せて呼吸ができなくなるまで、吐いた。

苦悶の中で呼びかける。

——いままで、自分が襲われたときのことを思い出して、倒れることなんかなかった。

体をのけ反らせるような激しい吐き気を、目を瞑ってやり過ごす。

——女になると、過去の凌辱なんか思い出して、いまさら吐くものなの？

しばらく洗面台を抱えたままだった。見上げると、鏡が青白く壊れた人の形を射返している。

コウタをこの世から滅失するまで砕きたくて、生きた。恐怖を超えたあの奈落こそ、私が生きる力だった。抵抗を奪ったのしかかる体の重さと、逃げる意欲を失わせた容赦ない殴打と、ねっとりこびり付く母の血と、ぶちまけられたおぞましい体液と、そして濡れそぼつ男根の臭いが、復讐の執念に化けて私を生かした。絶えず鼻の奥を蝕み、体の奥底を苛むあの臭いこそ、呪われたこの命の源だった。

人間の私は、あのときに死んだのだ。姿形に命があったように見えていたのは、鬼神のごとき怨念ゆえだ。

鏡の中に、誰もが目を背けた顔があった。干乾びた赤黒い畝《うね》が走る、人間を根こそぎ否定するその醜悪だけが、四角い枠の中で輝いていた。赤黒く崩壊した鼻だけが、顔の真ん中のこの異形だけが、命を燃やす私だった。整った新しい鼻でそれを覆い隠して、人間に、女に戻りかけている私、そして凌辱のトラウマごときに嘔吐する私は、もはや抜け殻だった。

すべてが終わり、すべてが尽きようとしている。怨念とともにこの生き様も堕ちていく、けっして後戻りできない暗闇の底へ。

三十七

「だいじょぶかいな？」という大きな声が聞こえた。

洗面所の床にうつ伏せに倒れた私の背中を、吉岡さんがさすってくれている。

「真夜中に急な話やから、いかんかった。休んでくれや、ちょっと休めぇや」

正気は取り戻したが、体に力が入らなかった。でも、「大丈夫です」とだけいって、立ち上がった。床と天井が勝手に回る。歪んで見える壁にもたれながら、ディスプレイの正面へたどり着く。コックピットを前にして、もう一度床に落ちた。

巡査と吉岡さんが、私をソファに運ぼうとするが、その腕を振り払って、膝立ちから独力でコックピットに転がり込んだ。

画面がちらついて見え、文字を判読できない。にもかかわらず、記憶している指の動きが、もうコマンド打ちを再開している。そのときラミダスがターゲットの照合を始めたのは、私がいつものようにラミダスを動かしたからではない。私の命令などなくても、勝手に動く私の指が、キーボードとマウスで的確な操作を続けたからだ。

「無理したらあかん」吉岡さんの声がする。「なんか、持ってきてや」と巡査に命じている。

少しして、巡査が湯呑に水を入れて持ってきてくれた。

冷たい水が胸の底に落ちると、徐々に落ち着きを取り戻していく。空色の菓子箱を見る。フィギュアが私を見つめていた。

——正義なんて、永遠に私にはないわ。勝手に指が動いただけよ。

男に続いて、幼女の関節の動きを読み取っていく。年少者のST関節の動きはより難解だ。でも、トライアルの経験が支えてくれる。警察官の家族を探すテストで何人もの子供のデータを扱ったときのコツが、いま活きている。

部屋に乾いたキーの音が響く。七十インチの画面がスクロールしながら、検索状況をリアルタイムで表示する。体内からむせ上がる胃液の酸っぱい臭いに、嗅覚を取り戻していることを思い知る。

——ラミダス。ちょっと無茶なコマンド出すから、承知してね。

ラミダスは事件直後の追跡用に設計されたシステムではない。だから、撮影中の映像からリアルタイムに人を見つける構造にはなっていない。犯罪が実際に起きている場面での迅速な人物照合は不得手だ。けれども、駅のどのカメラも一定のインターバルで映像をファイルにしてSIUに蓄積することを続けているので、頻繁にその蓄積録画を覗くことで、最新の動画から照合を行うことができる。

——忙しく動かすけど、文句いわないでね。

ラミダスの単位時間当たりの検索量を最大限に引き上げた。勝負は、新規に蓄積されるSIUの動画に、できるだけ即座にアクセスすることだ。

気がつけばスマホをつかみ取り、笹本さんに電話していた。真夜中の電話だ。何度も呼び出し音が鳴る。

「早く出てよ」

やっと、笹本さんの声がした。私はまくしたてた。いますぐ石倉に命じて、ありったけの防犯カメラの録画ファイルを、出来るだけ早くＳＩＵのサーバーに落とすように、と。

「……いいから、すぐやって……ください、笹本さん。会社の都合なんて、私、知らない。女の子の命がかかっているんだから。とにかく、まず吉祥寺駅を。現場なの。それから中央線の沿線に広げて、すぐに……。すぐによ。……え、誘拐よ、誘拐。誘拐事件が起きているのよ。現場は吉祥寺の近く……」

照合の遅れを少しでも減らしたかった。現場周辺の駅だけでもファイル探しのインターバルを狭めたかった。

一方的に話した。すぐに対処します、と電話の向こうで笹本さんが懸命に応じる。

笹本さんの優しさに、目頭が熱くなった。でも、いまこれ以上彼女と話すことはできない。彼女の呼びかけを制するように、「さようなら」といって、通話を終えた。目の前が滲んでいる。

電話を切るなり、「この場合な、女の子の歩きからも探せるんか？」と、背中から吉岡さんが尋ねてきた。現実に引き戻された。涙をこらえる。

「もうやってます」と答える。

「ありがとうや」と吉岡さんがいう。「笹本さんとこにな、うちからも応援出すや」

吉岡さんは頭を下げ、手を差し出してきた。いまさらながら、握手を交わした。

「ありがとうなあ」と繰り返して両手で私の手を握る吉岡さんから、事件と闘う刑事の熱意を見せられている。

アクセスコードでＳＩＵに繋ぐ。ラミダスが駆動音を大きく唸らせた。すぐに急速検索が軌道に乗った。

——ラミダス。今晩の私とあなた、いつもと違う世界にいるみたい。

吉岡さんが、よろしければしばらく休んでくださいという。私は、とんでもない、ここで最善のプログラムを動かし続けます、と叫ぶ。まもなく警察官をここに一人寄越すので、ラミダスの照合状況について彼と常時話してほしいと提案してきた。

オフィスは、捜査の最前線になっていた。うちの会社の管理体制など、知ったことか。

「コックピットで見張りますから、何かあれば即座に連絡します。ずっとラミダスを見ています。何かを見落とすことは絶対にありません」と約束する。

「能勢さん、頼んますな。繰り返しやけど、人一人の命が掛かってるんや」と、吉岡さんは真剣に訴えた。

——人一人の命。確かにそうよね。人の命は大切なのよね、生かすも、……殺すも。

三十八

すぐにおもちゃ箱をひっくり返すような騒ぎがやってきた。早朝から現れたのは香田だ。捜査員たちは現場近くの町中にある防犯カメラの動画ファイルを、既にいくつも入手していた。それらはクラウドのストレージ、つまりネットでアクセスできる記憶装置内に置かれ、そこへのアクセスに必要な情報が次々と私に伝えられてきていた。飲食店、コンビニ、銀行、民家、路上と、昨日から捜査員が足で歩いて、あらゆる動画ファイルを随時集めているのだった。警察職員が担当して、何十分かごとにカメラからストレージに移す作業を行っているのだという。加えて、香田は町の防犯カメラの持ち主から直接受け取った映像を、いくつものハードディスクで持ち込んできた。刑事たちが一睡もせずに収集している動画だった。

「銀行は普段から犯罪対策で密にやり取りしているので話が早いのですけれど、コンビニは会社によって緊急のときの対処法が違っていて。でもチェーンはクラウドに映像が一括管理されている場合もあって、大量アクセスが容易かと思います。いま、吉祥寺から乗れる井の頭線の各駅のカメラについても、協力を仰いでいます」

香田がいう。

持ち込まれた動画を片っ端からラミダスの解析にかけた。

香田にラミダスが稼働している状況を見せた。ラミダスの第二バージョン完成型の性能をこれでもかと引き出すコマンドを、臨機応変に出し続けていく。プログラムが懸命に誘拐犯と被害者幼女を追跡している様子をリアルタイムに見せると、香田は目をぐしゃぐしゃにして感謝してきた。

「能勢さん、寝ずに操作してくれたのですね。ラミダスを」

黙って頷いた。

「犯人は必ず捕まえます、僕。ラミダスが何より頼りになります。僕にはコンピューターの中身は分からないですが、この高性能でもって犯人を押さえます」といって、香田は部屋を出ていった。ラミダスが犯人の位置を絞り込んだ時に備えて、捜査本部に合流するのだという。

ラミダスに話しかけた。

——やっぱりいつでも単純な男ね。

と、すぐにスマホが震えた。

「えっとぉえっとぉえっとぉ、石倉っす」

驚いた。まさか彼から電話が来るとは思わなかった。聞くと、東京から高尾までの中央線の駅にある防犯カメラ映像の回収頻度を最大に上げたそうだ。

「技術的には、大して速くはできないんっすけどぉ。やるだけのこと、やってて。それから、こっちにも、警察の人、来てまっす。ダメ元でフェイス・ワンにもぉ、誘拐犯の目元のデータと女の子の顔写真を読ませてまっす」

人もシステムも総力戦だった。バラバラな方角を向いていたはずの人間たちが、ひとつのことのために心を集めていた。

私がオフィスで倒れたことが伝わったに違いない。捜査本部がこちらに送り込んだのは、女性の警察官だった。背が高くて結構な美人だ。濃紺のスーツがよく似合っている。いや、どこかで見た記憶がある。少しして気が付いた。

「あの、人工股関節の方ですよね？」

そう尋ねられた彼女の方が目を丸くしている。ついでにマスクを外して、二度驚かせた。

「香田さんに伺いました。チタンの関節のせいで……、いいえ、お蔭で、私のシステムはあなたを見つけることができませんでした」と添える。

以前の大怪我のことをふれられるのは心地よいことではないだろう。こちらからすみませんといいながらも、まったく見知らぬ人が来るよりも、やり取りはスムースに始まった。共通の知り合いがいる上に、彼女からしたら見たこともない強力な捜査の武器を目の当たりにして、女二人が打ち解けるのは早かった。彼女がコックピットの背後から固唾《かたず》を呑んでラミダスを見守っていることを、背中越しに意識する。

ラミダスの歩容解析能力を大雑把に説明した。

「こんなすごい機械が、私を見逃したのですね」といいつつ、「一刻も早く女の子を助けたいのです。ご協力ください」と熱のこもった眼差しで見つめる。

容疑者と被害者幼女の歩きを、犯行現場に近い乗換駅から優先して検索し始めていた。今回の場合、そうしていくのが原則だと、吉岡さんから伝えられている。そのくらいの方針は分かるのだけれど、古い未解決事件の犯罪者を捕まえるのと異なって、スピードがすべてのリアルタイムの捜査技術はプロの警察官のものであることを、いまさらながらに実感した。操作者は私だけれど、現実の捜査戦術は警察の専門領分にあった。

女刑事さんの指示通り、高尾までの中央線各駅に関して照合命令を出した後は、香田たちが集めている町中の防犯カメラの映像が入ったストレージに対して、最速で検索をかける。その次は、中央線から乗り換えやすい総武線と山手線の駅を加えていく。ＳＩＵの関われない私鉄各線は照合の網に入れられないので、東海道線、東北線、高崎線、常磐線《じょうばんせん》などに検索網を広げた。

「こんなものしかないのですけど」と、背後からその刑事さんの声がした。

何のことかと思えば、あんパンにおにぎりに板チョコ。差し入れだった。お茶のペットボトルと缶コーヒーと牛乳パックも出てきた。安直に、刑事ドラマの張り込みシーンを思い出す。

「上司から中村橋に持って行ってくれと連絡をもらっています」

私は、ありがとうといって笑った。夜中に悲鳴を上げた胃袋が、次第に空腹を感じ始めていた。あんパンを二口齧って牛乳で流し込む。「あなたもどうぞ」と彼女に勧めながら、持ってきてくれた人にいう言葉ではなかったと悔いた。

窓ガラスから差し込んでいた朝日が、いつの間にか角度を深めに変えている。時計を確認すると八時三十七分だった。ラミダスはまだ何も反応しない。刑事さんに声をかけた。

「中村橋に行けといわれたのですか？」

ずっと強張った表情で七十インチの画面を背後から見つめていた彼女が、やっと表情を崩した。

「はい、これのお蔭で、私、前線の捜査員としてはもう『終わり』なんです。どんなに緊迫している場面でも、後方支援っていう担当に回ります」と、伏し目勝ちにパンツスーツの腿を指差した。「あんたぁな、捕りもんは荷が重いかもしれんから、能勢さんのあったま良過ぎるロボットぉに、握り飯運んでやってや。このヤマぁ、ほんまの第一線は能勢さんとこや、って吉岡さんにいわれました」

本物より本物らしい物真似につられて、吹いた。でも、冗談を飛ばす彼女の瞳の奥には、寂しさが覗いている。

「陸上、やってたんですよね？」

「はい……その、昔の話です」

礼を欠く質問だったことを自覚しながら、構わず続けた。

「私も、鼻がこんなじゃなかったら、一線級のモデルやってました……なんて」

強引に笑わせた。二人で顔を見合わせる。鼻は他人から見るときの私のシンボルみたいなものだ。でも、実際に私が失ったものは鼻だけではない。

——誰もが大切なものを失いながら、生きるものよ、ラミダス。

変わらぬ笑顔の猿人に目をやった。

——失ったものは、大抵は戻ってはこない……かな。

今日もラミダスは無言だ。

——大切に……、私が大切にしたのは、コウタの「念」だったかもね。そう、大切にしたのよ……コウタを。自分のやり方で破壊するために、ね。

「能勢さん、どうぞ一休みしてください。体調を崩していると聞いています」

刑事さんが心配そうにいった。

「いいえ、いいんですよ」と掌を振り、再び画面を凝視する。

「昨日から寝ていないいんじゃないですか。あの、警報がどう鳴るのかを教えておいてくれれば、私、起こしますので休んでください」

ありがたい申し出ではあるけれど、やんわりと断った。そしてそのまま、コマンドを付け加える作業をする。私は女の子を救うため、プログラム操作でできるだけの闘いをするのみだった。

——この刑事さんも吉岡さんも香田もお巡りさんも、笹本さんも石倉も、六割しか当てられないフェイス・ワンだって、いまは闘っているのよ、女の子のためにね。

三十九

ラミダスが警報で私を起こした。同時に刑事さんからも大きな声で呼ばれた。飛び起きて画面隅の時計に目をやる。九時四十六分だ。女刑事さんに半ば強引、無理矢理ソファに寝かされて、四十五分だけ経過していた。

「見つかっていますか？」彼女が一際高い声をあげた。

すぐに結果を表示させる。

「えっ？」首を傾げた。

赤い矢印で示された人物が映っている防犯カメラの設置場所は久喜《くき》駅だった。埼玉県の駅で、犯行現場である吉祥寺からは離れている。電車で一時間以上はかかる。SIUの動画を再生する。映っていた対象人物はブレザーを着た高校生だった。

これでいい。いまは極端な曖昧照合だ。ST関節の同定基準の範囲を必要以上に緩く定めてあるから、今日のラミダスは平気で間違いを犯す。このくらいの誤判定はあり得ることだ。

「いいえ、残念。人違いです」と口にした。

刑事さんが溜息を押し殺すのが分かった。画面を見せて、曖昧照合の狙いを説明した。

立て続けに警報が来た。次は神奈川県の横須賀駅だ。ラミダスが見つけたのは、白いセーラーカラーの一群。海上自衛隊の自衛官の集団の一人を、赤い矢印が指している。

数分置かずに三件目だった。今度は山手線の新大久保駅。「現場に近い」と色めき立ったけれど、容疑者とは外貌がまったく異なっていた。被写体は、ホーム上から使用済みペットボトルとジュース缶を回収する業務スタッフだった。六十代と見える痩せて髪の薄い男は、青いつなぎを着て、乗降客に混ざって階段を下りていた。大きなビニール袋を肩にかけて駅の外へ運んでいく。

舌打ちをした。

「難しいですね」と刑事さんがいう。

「ロスト、つまり犯人を見落とすよりも、歩き方が似た人物を多めに見つけて、このやり方で逐一正誤をチェックしていく方が正しいです、この場合は」と伝える。彼女が理解して頷いた。

きっと笹本さんの所が動画ファイルの回収頻度を上げた効果が次第に表れて、どんどんラミダスの「発見」を増やしているのだろう。頻繁に警報が鳴るようになった。残念ながらみな別人だが。

――ラミダス。今日だけはこれでいいのよ。これで百点満点よ。

合計十四件の誤判定を排除して一息ついたと思った瞬間、またけたたましく警報が鳴った。しかも六件同時にだ。

「ん？」

今度はファイルの在り処がそれまでと違う。ファイルはＳＩＵのものではない。クラウドのストレージだ。ウェブでアクセスできる記憶装置だ。香田たちが回収してはそこにアップロードしている、町中の防犯カメラの映像だった。

ファイルを呼び出して再生する。

「あっ」

声を上げるのは私より刑事さんの方が早かった。

六件すべて、映っているのは同じ人物だった。今度の被写体はマスクはしているけれど、輪郭が犯人に酷似している。二件は事件発生前の日時のもので、服装も違っていたけれど、四件は揃っていまから十五分ほど前のものだ。

「路上のカメラです」と私は叫んだ。画面にラミダスが表示した動画ファイル番号を指差した。

「ここで分かるのは番号だけです。防犯カメラの設置場所は、警察がリストと突き合わせないと分かりません」

私は、すぐに吉祥寺の映像との関節運動の違いを、数値データで画面に表示した。主な判定項目に目を走らせる。重要な数値はどれもとても近い。間違いない。犯人と同一人物だ。そう指摘しようとしたときには、刑事さんはもう電話をかけていた。

「あ、香田さん……」と呼びかける。映像のファイル番号を香田に伝えていく。「絞り込み、お願いします」

彼女は通話を切ると、私に指示をくれた。

「能勢さん、捜査本部がカメラから容疑者の潜伏場所を特定しています。この段階で、もう三百メートル四方くらいに絞っています。追加で映像ファイルが来るかもしれませんから、すぐに解析できるように待機してください」

私は新たな動画の歩容を最速で解析できるように、ラミダスの準備を整えた。

「この足でなければ、私も駆けつけるのに」

悔しさを隠さずに彼女がいった。

四十

犯人逮捕、幼女救出の連絡が入ったのは、それから一時間も経っていなかった。連絡を受けた先ほどの刑事さんが概要を教えてくれた。吉祥寺の隣の駅、西荻窪《にしおぎくぼ》駅至近の小さなマンションの一室が逮捕の現場だった。

話しているうちに、刑事さんの安堵の表情が笑顔に変わっていった。

「能勢さん。お蔭さまで女の子は無事。怪我もなしです。踏み込んだ現場で誘拐犯を取り押さえたとのこと。捜査員を前にして犯人は女の子に刃物を突き付けていて、間一髪のところだったそうです」

私は、キーボードのミスタッチが許されない緊張から抜け出たばかりで、声を出すことがままならなかった。

「これから署に戻ります。ここにはまたうちの者がお訪ねします」

私は「頑張ってください」というのが精一杯だった。

刑事さんの言葉どおり、夕刻には早速香田がやってきた。真っ赤に腫らした目を擦りながら応対した。

「この犯人は、間違いなく変質者です」

逮捕後に男の部屋を調べたという香田の言だから、正確だろう。犯人には関西で三年前に少女を相手にした性犯罪歴があった。前回は執行猶予で済まされたけれど、今度は相当重くなるだろうという。

「こういう奴は、そうならないと困ります。法整備さえできれば、二度とシャバに出られないようにしてやりたいです」香田の言葉には無駄なくらいに力が込められていた。「危ない所でした。能勢さんがラミダスを動かさなかったら、女の子は殺されていたかもしれません」

一瞬、あの日の自分が蘇った。

「お蔭様で、警察の面目躍如です。凶悪犯罪をしっかりと摘み取ることができました。ありがとうございました」

香田が溢れる笑顔で話す。仕方がないから、私は「女の子が助かればそれでいいと思います」とだけ答えた。

「先輩との冗談でしかないですが、こういう場合は、表彰のような形で警察からお礼があってもおかしくありません。地域の防犯活動に貢献した会社とか、徘徊しているおじいちゃんを助けた若者とかが受け取りますけれど。感謝状とか、ニュースで見ませんか。警察が市民の勇気と誇りを称えるものです。まあ、ラミダスが非公開なのでどうなるか分かりませんが。みんな喜んでいますから」と、香田が嬉しそうに話す。いまにも踊り出しそうに見えた。

――表彰……、誇り……、称える……？

はっとした。世間は、私たちをそう見始めていたのだ。殺されそうな女の子を助けてしまっただけのために。

香田を送り出す私は仏頂面を決め込んでいた。ラミダスは、関わる人間たちにそれぞれの願いや価値観や欲を生み出している。でも、ここまで私がラミダスと生きてきた意味はひとつしかなかった。

――ラミダス。これでお終《しま》いね。タイムアップよ。あなたをつくったことで人から感謝状が出るような世の中に、私は生きるつもりはないのよ。だって、私にとってあなたは、人を殺すためのシステムだから。

菓子箱の上で猿人のフィギュアが揺れている。

慣れ親しんだオフィスを見回した。

――ここを出ることにする。もうあなたをいじってあげられない。後は、笹本さんに頼むといいわ。警察より彼女の方があなたにとっては幸せよ、きっと。

願う未来は容易にラミダスに訪れるものではないだろう。でも、私にはこれ以上できることはなかった。

菓子箱から最後の骨粉をロケットに注ぎ入れる。

洗面所に立った。樹脂で作った鼻を引き出しから取り出すと、顔にはめる。どす黒いひしゃげた凹凸にぴったりとフィットした。ファンデーションを継ぎ目に丁寧に塗った。模造の鼻と自分の頬を綺麗につなぐ。仕上げるのに少し手間取ったけれど、形成外科で教わった通りに顔が出来上がっていく。

——やっぱり、なんか、気持ちがくすぐったいわね。

腕時計を見た。鼻ひとつに十八分もかかった。これまでは、思い立ったら三十秒後には玄関を出ていたのに。

——女って面倒なものね。襲われた記憶で物を吐いたり、化粧に十八分かかったり。まあ、普通の女は顔に鼻を付けることはないから、五分で終わるか。

コックピットに戻った。

——ラミダス、今日は素敵な顔でしょ?

嘆息を投げた。

——でも……。知っているでしょう? イミテーションの鼻なんか付けている私は、もうすべてを失っているのよ。

猿人の頭を撫でると、私はコックピットを立った。

——じゃ、さようなら、ね。

何もなかったかのように、フィギュアは笑っている。

四十一

電車を降りて小岩駅のホームに立った。懐かしいはずだが、パッと見たところだいぶ違っている。

――あ、こんなのができたのね。

視線の先にホームドアが稼働していた。新しいタイプのものだ。以前のドアと違って、柱の部分も小さければ、ドアそのものも枠を組んだような薄っぺらで華奢なつくりだ。

反対側に電車が来た。しばらくドアが開閉される様子をぼうっと見る。

――枠状のホームドアって、足をかけて乗り越えるのが容易そうね。これだと、意志の固い自殺志願者の防波堤にはなれないわよ。ひょいと簡単に乗り越えられるから。

改札を抜け、階段を下りて駅前広場を望んだ。日が短くなってきて、この時刻でも薄暗い。どんよりした曇り空の下で、広場の空気が淀んでいる。気温が下がってきた。

小岩駅の南口を出た。道幅の狭いアーケード街が駅から斜めに延びている。振り返って天井の防犯カメラに目をやりながらラミダスと話す。

――やっぱり、ここになったわ。総仕上げだもの。

最後に選んだコウタの捨て場は、故郷だ。横綱の銅像に変化はなかったけれど、自動改札の形はあのときの映像のものとは微妙に変わっていた。ラミダスがコウタを見つけるのに使った防犯カメラの位置も、違う。

アーケード街へ向けて歩き出した。

頬に当たる風が少し冷たかった。アーケード街を少し行って脇道に入り、寂しい道を十五分歩く。何の変哲もない古い戸建てや小さなアパートと、寂しい町工場が続く。終業間際の工場からは旋盤のような音が響いてくる。

東京の東端にある小岩界隈は、時代に後れを取った憂鬱をいまも拭い去ることができない。生粋の下町とも新規開発の住宅地とも違う。お洒落や趣という言葉の当てはまらない、モノクロの町だった。でも、母に手を引かれて歩いた記憶は鮮明に蘇る。

——母とは、よく昼過ぎのまだ客の少ないスーパーへ買い物に行ったっけね。

歩を進めながら空を見上げた。部屋の網戸越しによく見た夕方の空の色は、二十年経ってもそのままだった。四角い網戸が無くなって幾分か広く見えるそれは、余計に重々しく私の頭上から覆い被さった。

「もう結構寒いのね」と口に出す。

——あの日は息が凍っていたのよ。

角を曲がれば住んでいたアパートが見えるというところで、驚きと戸惑いに襲われた。

——えっ。

そこにあるはずのあのアパートは、影も形もなくなっていた。母と暮らした木造の建物と周辺にあった住宅や小さな工場は姿を消して、鉄管を組んだ低い足場と埃除けの白いシートが周囲を取り巻いていた。簡易的に立てられた衝立に「建築計画のお知らせ」が掲示されている。建物の名称は「エルブルー小岩」とあった。

——エルブルー……、青い翼、かしら？

棟数1、部屋数92とある。建築中のマンションだった。

あの場所が消えようとしている。周囲に巡らされた覆いを茫然と見渡した。歩いて周辺から様子を見る。道の区画に沿いながら、目の前に見えている様子とまならうらに映る二十年以上前の像を、少し強引に結びつけた。

北に向いた角。

「ここだ」

確かにここだ。母と過ごした部屋があった場所を見上げると、あるのは、建築工事の覆いに迫る夕闇だった。

とん、と時が止まった。

見たことのない男。母の派手な化粧。イチゴ牛乳のパック。恐ろしい母の目。煙草の臭い。茶色のピンヒール。コウタの吐息。そして、あの日……。瞼を閉じて、立ち尽くした。

ぽん、ぽん、……ぽんと不規則な音が耳に入る。時間がまた動き出した。背後で小学生がサッカーボールでリフティングをしていた。緑色の長袖シャツを着て、腿で胸で頭で無心にボールを受ける男の子。

ぽん、……ぽん、ぽん、ぽん。

指先が冷えて、手をポケットに突っ込む。

ぽん、ぽん、ぽん、ぽん、……ぽん。

その音を聞きながら、工事現場の周囲を巡ってみた。間口のさして広くない敷地に、鉄筋コンクリートの建物が伸び上がろうとしていた。周りはシートで覆われているけれど、大きなワゴン車が二台停まっている場所だけシートがめくられていて、五メートルくらいの距離から現場が覗けた。まだ低層階を作り始めている段階で、一階部分の剝き出しの鉄筋にコンクリートが打たれていた。

オフィスのすぐ近くでコンクリートを打設していた現場を思い出す。この後、あのキリンの首のようなパイプを引きずって、大きな車が来るのだろうか。いずれにしても生コンをフロアごとに流していくのだ。周りの鉄管は次々に高さを増して、高所で作業する足場になるはずだ。

「ここはマンション・エルブルー小岩の敷地です。不法侵入は警察に通報します」という看板が目に入った。

——ラミダス、こういうのをはったりというのよね。

薄く笑った。

ワゴン車の周りを、黄色のヘルメットを被った男が数名、行き来している。よくある工事現場の光景だった。腕時計を見た。十六時四十五分を指している。

——ちょっと懐かしくなったから、歩くわ。

軽自動車がやっとすれ違えるくらいの狭い道。二十数年の時間なんてあっという間だった。あの頃と同じように歩いた。

目の前がちょっと開く。公園だった。記憶の通りの場所に公園があった。

公園というのは、場所が同じでも、遊具の種類も植え込みの配置も変わるのだろう。あのクマは見当たらなかった。代わりに木の切り株を模した遊具がいくつか並んでいる。椅子のつもりではないのかもしれないけれど、そこに座った。自分の目がバスを探していることに気づく。バスの姿はどこにもなかった。停留所はどこだろうかと記憶を辿って捜す。しかし、それは何もなかった。行き来する本数を数えて、時計代わりにしたバスはもうなくなってしまったようだ。

——あの日はもっともっと寒かった。体の芯まで凍ったから。

腕時計を見た。十七時四十分だ。

——あの頃のママを待つ時間より短いけど、帰るわ。

工事現場に戻った。ワゴン車は二台とも消えていた。日も陰り、辺りに闇が迫っていた。

「お帰り。お腹空いてないかい？」

母の声が聞こえた。立ち止まって耳を澄ます。

――ラミダス、ママの声がしたのよ。

思いが届いたのだろう。母に伝えたかったのだ、コウタを見つけ、焼いて砕いて、ここへ持って帰ってきたことを。

中村橋で見た通りだった。工事関係者は夕方五時でいなくなる。油断する訳ではないだろうけれど、竣工後の建物に比べれば工事現場は侵入があまりにも容易だ。シートをめくると簡単に入っていける。

暗かったので、スマホを取り出して液晶で足元を照らした。

――これって……。コンクリートの、におい？

とある部屋らしき区画に入り込んだ。中村橋の建築途上の建物とそっくりだった。

出来かけの部屋を歩き回る。ベランダに近い側に、広めの部屋がある。水回りになりそうな領域が少し奥にあった。不規則に並んだ飛び出た鉄筋に足を取られないように、気を付けて歩を進めた。

間違いない。何か所かで打設されている生コンクリートのにおいを、鼻で感じた。中村橋ではただの冷たいグレーの塊だったセメントが、いまは私の嗅覚に存在を主張している。

提げてきたロケットを手に取る。中身は最後の骨だ。

――小岩の駅のホームでもよかったんだけど。いっそのこと、お相撲さんの前でも、ね。

底板を二枚とも外した。

――偶然よ、何事も。

ロケットを傾けて、歩きながら骨粉を撒いた。内側の底板も外したので、そのまま一気にすべてを捨てることもできるのだけれど、あえて、少しずつ満遍なく撒いた。ここはリビング、ここはお風呂場、ここは台所、などと想像しながら。

ロケットを勢いよく振り回すと、ごっそりと骨粉が飛び出た。スマホの液晶の光を受けて、宙を舞うそれが、深海底のマリンスノーみたいにきらきら光った。

――こいつは、ごみ以下の残り滓だから。

呟くと、ロケットの中身をもう一度一気に振りまいた。白い輝きが私の周りを舞って、うっすらと床面に広がっていく。

この骨粉は、ここに生コンが打たれるときに、鉄筋コンクリートの一部となって固まってしまうだろう。誰にも知られず、コウタはずっとコンクリートの床になる、まさに私を汚したこの場所で。

くすくすと笑いが出た。

――「念」の予想外の結末だわ。まさかね、この現場で、冷たいコンクリートに固めて閉じ込めることができるなんて。雑踏に散らかすのがいいと思っていたんだけれど、永久封印も悪くないわ。

また液晶で照らす。粉になったコウタの骨が、宙を漂いながらふわふわと落ちていく。

――ラミダス。二人でいろいろあったけど、私の人生の最大の誤算ね、これは。ここで骨を撒けるのはきっとご褒美よ。贈り主は神様だか仏様だか、知らないけど。

部屋を見回した。もちろんここに防犯カメラはない。

――ここだけは、あなたも見ることができないわね。

部屋中に骨粉を撒いた、嬉々として。骨粉になったコウタは、長い時間をかけて床に落ちて広がる、誰にも気づかれないくらいに薄く。

――そう、いまここで起きていることは、誰も知らないまま。

ロケットを覗き込む。骨粉の残りはもう一握りだった。階段室まで歩くと、最後の骨粉を目の前でロケットから撒いた。白く光りながら、それは冷えた夜の空気に浮かんだ。

――私の怨念の結末、ね。

漂う最後の骨粉に息を吹きかけた。浮遊する骨粉が一斉にふわっと乱れ、また凝集しながら消えていく、永久の暗闇に。

スマホの電源を切った。

――さようならよ。コウタ。

全身から力が抜けていくのが分かった。することは何も残っていなかった。十分に生きた。命への執着は一欠片も残存しない。仕方がないから、笑った。もしかしたら涙も流れているのかもしれないけれど。

真っ暗な建築現場に、私一人。暗闇の四角い空気を揺らすのは、命の抜けた笑い声だけだった。

張られたシートをめくって道路に出た。

コンクリートの塊を振り返った。あの古ぼけたアパートは消え、人もいないが、何も変わっていないように思えた。あの日、すべてを壊され、凌辱者の体液に塗れて命のない母を見た自分が、今日もそのままそこに立っていた。

――何をするために生きたんだろう、私。

これからどこへ行ったらいいいか、考えることができなくなっていた。話を聞いてくれそうなのはラミダスだけだった。

――終わったのよ、これで。だけど、これからどうしようか？

返事はない。

――ラミダス、答えてよ。

無言だ。

――なぜ、黙っているのよ。

静寂だった。

――ねえ、返事をしてよ。

涙が溢れて零れた。寒風の中で頬を伝って落ちていく。ほのかな温もりが、作り物の鼻の縁を伝って口元へ流れた。

四十二

彷徨《さまよ》うように歩いていた私は、聞き覚えのある声にはっとした。

「やはり、ここだったのですね？」

ベージュのコートが目の前に立っていた。街灯に照らされた背の高い影は、笹本さんだった。いつの間にか、小岩駅が見えるアーケード街の端まで来ていた。

「機械と心をひとつにしたとしても、ラミダスは呼びかけに返事をしてくれない……と思います。だから、私と話しませんか」

「……」

言葉がなかった。彼女はぐるっと駅前を見渡した。

「能勢さんにとって、ここがお母様と別れた町なのではないですか？　そして、この町を出発点に、犯人を永久に消すための人生を歩んできた……。そうなのではないですか？」

この人には何かを隠すことはできないと分かっている。でも、生身の体の奥底まで、何から何まで知られてしまうと、いまの私には指先ほどの羞恥心が芽生えた。

「全部お見通しですね、笹本さんは」と笑った。「今日は、死んだ母に挨拶したくなって、ここへ来ました」

「私、能勢さんの心の内を想像しました。お話を聞いて、きっといま行く先は、お母さんとの最後の別れになった場所だろうと信じて疑わなかったです」

「……」

真っ赤なコートを羽織った若い女性が前を通り過ぎる。スマホでのお喋りに余念がない。快活な韓国語が耳に届いた。

「埼玉の、岡部の駅のこと、覚えていますか」

頷いた。

「何度あそこに行ったことか。能勢さんも、必ずお母様に会いに行くと確信しました。でもそれがどこかわからなかったので、ちょっと苦心しました」

間があった。

「能勢さん。警察があなたを追っています」

警察……、と口の中で復唱した。そんなことがちょうどいま起きているのかと、ぼんやり思った。

南口から見えるところに小綺麗なマンションが建ち、その敷地に沿って細長い緑地が作られていた。一角にベンチがあった。そこで座って話そうと彼女が指差した。青白い街路灯をバックに、彼女の顔は光の中から浮き上がって見えた。

「闇サイトグループが一斉に捕まり、能勢さんの殺人……、と思われる依頼のメールが見つかって、捜査の対象になっているようです」

だいぶ前に新聞が摘発を報じていた犯行グループが、コウタ殺しを依頼した相手と同じ連中だったのだ。そのことに気付くのに、少し時間がかかった。殺人を請け負うような連中は早晩絞り込まれて捕まるものなのかもしれない。あのときの依頼が成立していたとしても、私が自由でいられる時間はこのあたりで終わっていたに違いない。

私は「いつのことですか?」と尋ねた。

「一昨日です。例の誘拐事件が解決した翌日、捜査本部というのが解散した矢先に、騒ぎが始まったみたいです。闇サイトへのメールだけならすぐには強く疑われることにはならないそうなのですが、念を入れて調べた刑事がいて、殺人依頼者の能勢さんが幼いときに大変な事件の被害に遭った人物であることと、その犯人が逃げ続けていることが判明して、怨恨の動機があると推測されています」

私は頷きながら聞いた。

「……でも、能勢さんが見つけた二十年前の事件の犯人を警察はまだ知りません。殺人依頼とその動機を見つけたところで、肝心の狙う相手が見えていないのですから、いますぐ逮捕状とかいうことにはならないそうです。吉岡さんと香田さんは、すべてが信じられないと驚いていました。香田さんから、私も能勢さんのことを尋ねられました。でも、警察が自分で気づいていること以外は、何も答えていません。それで、能勢さんの迷惑になっていなければいいのですが」

「私に何の迷惑がかかるというのですか。自由な時間を与えてくれて、感謝すべきは私の方です」と答える。

彼女が小さく首を振った。

私から尋ねた。

「なぜ私がこの町にいると分かったのですか？」

「ラミダス、です」彼女が答えた。「ラミダスに助けてもらいました。ラミダスを動かしたのです、石倉が」

「えっ」

苦笑いを隠せなかった。石倉が短時間にそこまでやれるようになるとは予想できなかった。

「ほくろの坊ちゃん、でしたか」

辛うじてそう口にできた私に、笹本さんが穏やかに話した。

「殺人の依頼メールがステラのオフィスから送信されていましたので、捜査令状が出て警察が部屋に入っています。私と石倉は呼ばれてすぐに中村橋へ行きました。吉岡さんからラミダスのことが多少でも分かる技術者はいないかと訊かれて、私が石倉を連れて行きました。彼の言動には彼らも戸惑いを見せましたが、吉岡さんが石倉に、ラミダスが能勢さんからこれまで受けた指示内容や弾き出した歩容解析結果を保全してほしいとお願いしてきました。闇サイトへのメールに始まって、ラミダスを能勢さんが二十年前の事件の犯人探しに使ったのではないかというあたりに、ようやくですが、目をつけつつあるのでしょう。それでいま、石倉がコックピットに座っています。民間の善意なので短い時間しか協力できないでしょうけれど、吉岡さんとは、まったくの他人ではありませんから」

夜が深まっていた。近くの路上で酔っているのだろう。サラリーマン風の男女が大声で騒ぐ声が聞こえてきた。

「警察も私も、捜査に関することで石倉にラミダスを任せるのは不安でしたけれど、ほかに誰もいまの時点であれを扱える人間はいません。いま石倉が、分かる範囲でコックピットから操作しています。彼が何より先にしたことは、ラミダスであなたを探すことでした。それも、吉岡さんたちには気づかれないように。彼がこんなに道理が分かっているとは思いませんでした。能勢さんの歩きの動画はうちの部署に来たときの防犯カメラに理想的なアングルのが残っていて、それと照合したそうです」

彼女が駅の方を指差した。

「そして間もなく、駅からこの広場を見渡すカメラが能勢さんを捉えたことを、そっと私に耳打ちしてくれました」

「近くにいる警察官に内緒で、分からないように歩容解析操作をするのは大変だったと思います」

「彼は私に、『能勢さんを助けて』と懸命にお願いしてきました」

彼女が白い歯を見せた。

「石倉が実際にラミダスの中身をどこまで理解しているのか誰にも分かりませんが、独力で作業しています。警察も彼に頼るしかありません。捜査支援分析センターからもまもなくシステムの専門家が来ることになっていますが、石倉の方がラミダスのことはずっと分かっているはずです。心は、もうラミダスの一部になっているかもしれません」

「ええ、きっとそうだと私も思いますよ」

「実をいうと、なんか似合うんです。石倉がコックピットに座っている姿……」

そうだと思います、という言葉に私は、エンジニアとしての石倉への敬意を込めていた。きっとコックピットは石倉の大活躍の舞台と化しているのだろう。確かに、私がコマンドを打ち込む場面をあれだけ熱狂して見ていたから、見様見真似でもとりあえず私を探し始めることができたに違いない。考えてみれば、知識なく肩越しに覗き込んでいただろう吉岡さんや他の警察官には、七十インチの画面に駅の動画を出さずに、コマンドと数字ばかりを表示しておけば、ラミダスが私を探していることには気づけなかったかもしれない。

「能勢さんの歩容は、最初は見つからなかったそうです。乗り換えの池袋駅で引っかかってきてから、可能性の高い近隣の駅を探ったといっていました」

合理的な方法だった。ほくろ君、あっぱれだ。

「それから、ＳＴ関節の曖昧照合を調節したといっていました。一度能勢さんにその操作を詳しく見せてもらったことがあるからといって、やれる範囲で曖昧照合を真似てみたといっていました。結局その新しい条件で、すぐに小岩駅南口の映像を捕まえたとのことでした」

「ＳＴ関節の解析条件に的確に手を入れるとは。大したもの」

笹本さんが姿勢を正して私を見つめ直した。

「能勢さんが羨ましいです」という。「私は母を恨んでいるけれど、能勢さんはきっといまもお母様が好きなんでしょう？」

「どうなんですかねえ」

私ははぐらかした。なぜなら、恥ずかしかったからだ。人間って、恥ずかしがるものだと実感する。

「今日は会えたのですか？　お母様に」と彼女が尋ねた。

「はい。母を亡くした現場で、母の声を聞いた気がしました」

二人の脇を自転車が通過していく。ライトが笹本さんの顔に陰をつくった。彼女が向き直って口を開いた。

「もう、すべてを終わりにしてください」

穏やかだけれど、揺るぎない意志を含んだ言葉だった。

「能勢さん。潮田志郎という人が恨みの、……そんな容易《たやす》い言葉でいえる心持ちではないと思いますが……、潮田志郎が恨みの対象だとして、能勢さんとラミダスでその人を殺したのだとしても、逆に、多くの人を助けているではないですか。誘拐された女の子。彼女はご両親の元に戻っています。あの女の子だけではありません。女の子の両親や家族や友人は、これから先、どれほど能勢さんに感謝することでしょうか」

帰宅を急ぐ人が、また駅から吐き出されてきた。

「事件だけではありません。私と一緒に出会った駅の依頼者たち。あの人たちの、何人もの心をもう救っています。もちろん、吉岡さんの仕事だって、見つかる相手は犯罪者かもしれませんが、そういう人の人生を、能勢さんとラミダスは救い出しているのです。だから、能勢さん、どうか、死のうなんて考えないでください」

彼女がハンカチで目を押さえた。

「あなたが私なら、死のうとするのですね？」

「ええ……。でもそれは間違っています」

「もしも私が死のうとしたら、確か、警察を頼るのでしたよね？」

「はい。警察を呼んででも、捕まえます。罪のことはどうでもいいのです。ただ、能勢さんを助けたいだけです」

「ありがとう」と私は声にする。そして、マスクを外して飛び切りの笑顔をつくった。

笹本さんが目を丸くしている。

「びっくりしました？　この鼻。イミテーションのを接着しただけですよ」

整った鼻筋を目が何度も上下に追っている。驚きの表情が笑顔に変わっていくのが分かった。

「似合っています。似合うという言葉でいいのかどうか分からないのですが。……とっても素敵です」

「もしも、十六歳の私がそのまま老けてたら、こんな感じかなと。考えたら、もうそのくらいしか、することが残っていなかったんですよ」

「約束、してくれませんか、死なないと」笹本さんの瞳が私を見つめていた。「そして、すぐには無理でも、いつか二人で真人君に会いに行きませんか。真人君がどう受け止めるかは分かりませんけれど」

私はいま、自分のことを真剣に思ってくれる人に初めて出会っていた。

彼女の肩が小さく震えていた。二度三度と息を宙に吐いた。寒さが心に沁みてきた。強張った唇を開く。

「死ぬのはやめますね。……この後、吉岡さんを頼ります」

笹本さんの顔からさっと憂いが解けて、安堵の表情が浮かんだ。

――ラミダス、最初から最後まで、この人には嘘ばっかりついているわ、私。

「ありがとうございます。本当に感謝します」

彼女がスマホを取り出した。液晶の光が頬いっぱいに流れる涙を輝かせた。

「あ、石倉君？　いろいろありがとう。ええ、心配しないで。一緒よ。小岩駅のことはこのまま黙っておいて」

石倉が中村橋の様子を電話の向こうから報告しようとしているのだろう。それを笹本さんは遮った。

「いいのよ。どうでもいいの。この後来る警察の技術者たちやステラさんの偉い人には、好きにさせておけば。で、ひとつお願いがあるの。捜査支援分析センターの技術者が入ってくる前に、

ＳＴ関節の照合角度を厳格に絞り込んでおいて。そうすれば、ラミダスはしばらく判定を間違えて、能勢さんを見つけられなくなるでしょう。発覚が遅れる方が、何かと便利よ。そういう設定にしておいてほしいの。……ええ、ええ、……、じゃあ切るから。また話しましょう。えっ、私？　少ししたら、そちらへ行く」

彼女はちょっと待ってといって、私にスマホを差し出してきた。一瞬躊躇って、いまはいいですと断った。

通話を終えた。彼女の顔がまた闇に溶けた。

彼女がハンカチで涙を拭く。

「笹本さんと石倉さんとで、しっかりラミダスの面倒を見てくれていて」と私が頭を下げると、

「いいえとんでもない。ラミダスは、能勢さん、あなたのものです」と笹本さんはいう。

「感謝しているのです」

私は声にした。

「ありがとうございます。それより、もっとお聞きしたいです。能勢さんとラミダスのことを」

「そうですね……きっとまた会えますよ。お母様のこと、大切にしてください」

彼女の唇が少し動いたけれど、声はなかった。

「いまから、いっしょに吉岡さんに会いましょうか？」

笹本さんの心遣いだった。

私は首を振った。

「母との思い出の町を、もう少し歩きたくなりました。何があるっていう場所ではないですけれ

ど」

そういうと、彼女は笑みを見せて同意した。

「笹本さん、吉岡さんのところには明日伺いますね。今日はここで、別れましょう」

「そうですね、わかりました。能勢さん、また話しましょう、必ず」

彼女が手を差し伸べてきた。私たちは固く握手を交わした。彼女が駅へ向かっていく。何度か振り返る彼女を見送った。時計を見た。二十二時四十三分だった。

──本当に最後まで、彼女に嘘ばっかりついたわね、私。

遠ざかる彼女の背中が見えなくなる。

──笹本さんが電車に乗るまで、ここで時間を潰すの。

もう一度ベンチに腰掛けることにする。

──ラミダス。あなたはきっとこれからも人を探すのよね、彼女と一緒に。

酒場の呼び込みの声が路上に響く。

──あなたには、それしかできないものね。

小さく舌打ちをしてみる。

──私もあなたみたいに、人のために何かできることがあればよかったのかもしれないけれど……。

夜空がいつもより白っぽく見える。

──何を考えているか、知りたい？

ポケットから鏡を出して、顔を映す。昔からそこに在ったかのように、鼻がしっくりと収まっている。

――結局、ボブを跳ね上げなかったわね。もうちょっと髪が伸びてからじゃないと、素敵な形にできないのよ。

鏡の中の顔が苦笑を浮かべる。

――いまからガソリンを買ったり、高いビルに上ったり、刃物で刺したりはしない。

駅へ歩を進める。

――笹本さんは、夢の中でけっしてホームから飛び降りないって、いってたわね。

小さく首を傾げる。

――私は鉄道会社の社員じゃないから、それも悪い方法だとは思わないな。

嘆息を夜空に投げる。

――えっ？　何かいった？

霞んだ目が駅前の明かりの束を辛うじて受け止める。

――約束したでしょ、ラミダス。消えるときも一緒だって。私を見守っていてほしいの。ちゃんとホームのカメラの前で、あなたが見える所で終わるからね。

駅名が、ぼやけて見えない。

――あ、忘れないうちにいっとかないと。私のST関節の角度、しっかり見届けてね。

腕時計を見る。滲んだ文字盤は、それでも二十三時過ぎであることを伝えてくれる。

駅前広場を振り返る。あの日と同じように、町がまた冬に包まれようとしている。

初出

「小説推理」二〇二二年八月号（一節〜十節・第四四回小説推理新人賞受賞作）
「小説推理」二〇二三年三月号〜五月号（十一節〜四十二節）
書籍化にあたり、加筆・修正をしました。

遠藤秀紀　えんどう・ひでき

一九六五年東京都出身。
二〇二二年、「人探し」で第四四回小説推理新人賞を受賞。

人探《ひとさが》し

二〇二三年一二月二三日　第一刷発行
二〇二三年一二月二五日　第二刷発行

著者　遠藤秀紀
発行者　箕浦克史
発行所　株式会社双葉社
〒162-8540
東京都新宿区東五軒町3-28
電話　03-5261-4818（営業部）
03-5261-4831（編集部）
http://www.futabasha.co.jp/
（双葉社の書籍・コミック・ムックが買えます）
印刷所　大日本印刷株式会社
製本所　株式会社若林製本工場
カバー印刷　株式会社大熊整美堂
DTP　株式会社ビーワークス

© Hideki Endo 2023 Printed in Japan

落丁・乱丁の場合は送料双葉社負担でお取り替えいたします。「製作部」あてにお送りください。ただし、古書店で購入したものについてはお取り替えできません。
［電話］03-5261-4822（製作部）
定価はカバーに表示してあります。
本書のコピー、スキャン、デジタル化等の無断複製・転載は著作権法上での例外を除き禁じられています。本書を代行業者等の第三者に依頼してスキャンやデジタル化することは、たとえ個人や家庭内での利用でも著作権法違反です。

ISBN978-4-575-24703-9 C0093